桂公塘

——從廟堂間的權力遊戲，直至國破家亡時的利慾薰心——

鄭振鐸 著

有最後的一線希望麼？向誰屈服呢？

在倒下去之前，他們還能掙扎一下麼？還能鼓動一番風波麼？

目錄

桂公塘

黃公俊之最後

目錄

毀滅

桂公塘

天地雖寬靡所容！長淮誰是主角？
江南父老還相念，只欠一帆東海風。

——文天祥：〈旅懷〉

一

他們是十二個。杜滸，那精悍的中年人，嘆了一口氣，如釋重負似的，不擇地的坐了下去。剛坐下，立刻跳了起來，叫道：

「慢著！地上太潮溼。」他的下衣已經沾得淤溼了。

疲倦得快要癱化了的幾個人，聽了這叫聲，勉強的掙扎的站著，背靠在土牆上。一地的溼泥，還雜著一堆堆的牛糞，狗糞。這土圍至少有十丈見方，本是一個牛欄。在這兵荒馬亂的時候，不知那些牛隻是被兵士們牽去了呢，還是已經逃避到深山裡去，這裡只剩下空空的一個大牛欄。溼泥裡吐射出很濃厚的腥騷氣。周遭的糞堆，那臭惡的氣味，更陣陣的撲鼻而來。他們站定了時，在靜寂清鮮的夜間的空氣裡，這氣味兒益發重，益發難聞，隨了一陣陣的晚風直衝撲而來。個個人都要嘔吐似的，長袖的袖口連忙緊掩了鼻孔。

「今夜就歇在這土圍裡？」杜滸無可奈何的問道。

「這周圍的幾十里內，不會有一個比這個土圍更機密隱祕的地方。我們以快些走離這危險的地帶為上策，怎麼敢到民家裡去叩門呢？冷不防那宅裡住的是韃子兵呢。」那作為嚮導的本地人余元慶又仔細的叮囑道。

十丈見方的一個土圍上面，沒有任何的蔽蓋。天色藍得可愛。晶亮的小星點兒，此明彼滅的似在打著燈語。苗條的一彎新月，正走在中天。四圍靜悄悄的，偶然在很遠的東方，有幾聲犬吠，其聲悽慘的像在哭。

露天的憩息是這幾天便過慣了的，倒沒有什麼。天氣是那末好。沒有一點下雨的徵兆。季春的氣候，夜間是不涼不暖。睡在沒有蔽蓋的地方倒不是什麼難堪的事。所難堪的只是那一陣陣的腥騷氣，就從立足的地面蒸騰上來，更有那一陣陣的難堪的糞臭氣濃烈的夾雜在空中，薰沖得人站立不住。

「在這個齷齪的地方，丞相怎麼能睡呢？」杜滸躊躇道。

文丞相，一位文弱的書生，如今是改扮著一個商人，穿著藍布衣褲，腰繫布條，足登草鞋。雖在流離顛沛之中，他的高華的氣度，淵雅的局量，還不曾改變。他憂戚，但不失望。他的清秀的中年的臉，好幾天不曾洗了，但還是那末光潤。他微微的有些愁容。眉際聚集了幾條皺紋，表示他是在深思焦慮。他疲倦得快要躺下，但還勉強的站立著。他的手扶在一個侍從的肩上，足底板是又痠痛，又溼熱；過多的汗水把襪子都浸得溼了，有點怪難受的苦楚。但他不說什麼，他能夠吃苦。他已經歷過千辛萬苦；他還準備著要經歷千百倍於此的苦楚。

他的頭微微的仰向天空。清麗的夜色彷彿使他沉醉。涼颸吹得他疲勞的神色有些蘇復——雖然腿的小肚和腳底是仍然在痠痛。

「我們怎麼好呢？這個地方沒法睡，總得想個法子。至少，丞相得憩息一下！」杜滸熱心地焦急著說道。

文丞相不說什麼，依然昂首向天。誰也猜不出他是在思索什麼或是在領略這夜天的星空。

「丞相又在想詩句呢！」年輕的金應悄悄的對鄰近他身旁的一個侍從說。

「我們得想個法子！」杜滸又焦急的喚起大家的注意。

嚮導的余元慶說道：「沒有別的法子，只能勉強的打掃出一片乾淨土出來再說。」

「那末，大家就動手打掃，」杜澣立刻下命令似的說。

他首先尋到一條樹枝，枝頭綠葉紛披的，當作了掃帚，開始在地上掃括去腥溼的穢土。

個個人都照他的榜樣做。

「你的泥水濺在我的臉上了！」

「小心點，我的衣服被你的樹枝掃了一下，沾了不少泥漿呢。」

大家似乎互相在咆吼，在責罵，然而一團的高興，幾乎把剛才的過分的疲倦忘記了。他們孩子們似的在打鬧。

不知掃折了多少樹枝，落下了多少的綠葉，他們面前的一片泥地方才顯得乾淨些。

「就是這樣了罷，」杜澣嘆了一口氣，放下了他的打掃的工作，不顧一切的首先坐了下去。

一個侍從，打開了文丞相的衣包，取出了一件破衣衫，把它鋪在地上。

「丞相也該息息了，」他憐惜的說道。

「諸位都坐下了罷，」文丞相藹然和氣的招呼道。

陸陸續續的都圍住了文丞相而坐下。他們是十二個。

年輕的金應道：「我覺得有點冷，該生個火才好。」

「剛才走得熱了，倒不覺什麼。現在坐定了下來，倒真覺得有些冷抖抖的了。」杜滸道。

「得生個火，我去找乾樹枝去。」好動的金應說著，便跳了起來。

嚮導，那個瘦削的終年像有深憂似的余元慶，立刻也跳起身來，擋住了金應的去路，嚴峻的說道：「你幹什麼去！要送死便去生火！誰知道附近不埋伏著韃子兵呢？生火招他們來麼？」

金應一肚子的高興，橫被打斷了，咕嘟著嘴，自言自語道：「老是韃子兵韃子兵的嚇唬人！老子一個打得他媽的十個！」然而他終於仍然坐了下去。

「韃子兵不是在午前才出來巡邏的麼？到正午便都歸了隊，夜間是不會來的。」杜滸自己寬慰的說道。

「那也說不定。這裡離瓜州揚子橋不遠，大軍營在那邊，時時有徵調，總得特別小心些好。」余元慶的瘦削見骨的臉上露出深謀遠慮的神色。

文丞相只是默默的不響，眼睛還是望著夜天。

鐮刀似的新月已經斜掛在偏西的一方了；東邊的天上略顯得陰暗。有些烏雲在聚集。中天也有幾朵大的雲塊，橫亙在那裡，不知在什麼時候出現的。

晚風漸漸的大了起來。土圍外的樹林在簌簌的微語，在淒楚的呻吟。

二

沉默了好久。有幾個年輕人打熬不住，已經橫躺在地上睡熟了；呼呼的發出鼾聲來。金應是其一，他呼嚕呼嚕的在打鼾，彷彿忘記了睡在什麼地方。

文丞相耿耿的光著雙眼，一點睡意也沒有。他的腿和腳經了好一會的休息，已不怎麼疼楚了。

他低了眼光望望杜滸——那位死生與共，為了國家，為了他，而犧牲了一切的義士。杜滸的眼光恰恰也正凝望著他。杜滸哪一刻曾把眼光離開了他所敬愛的這位忠貞的大臣呢！

「丞相，」杜滸低聲的喚道；「不躺下息息麼？」他愛惜的提議道。

「杜架閣，不，我閉不上眼，還是坐坐好。你太疲乏了，也該好好的睡一會兒。」

「不，丞相，我也睡不著。」

文丞相從都城裡帶出來的門客們已都逃得乾乾淨淨了；只剩下杜架閣是忠心耿耿的自誓不離開他。

他們只是新的相識。然而這若干日的出死入生，患難與共，使得彼此的肺腑都照得雪亮。他們倆幾成了一體。文丞相幾乎沒有一件事不是依靠架閣的。而杜架閣也嘗對丞相吐露其心腑道：

「大事是不可為的了！吳堅伴食中書，家鉉翁衰老無用，賈餘慶卑鄙無恥；這一批官僚們是絕對的不能擔負得起國家大事的。只有丞相，你，是奮發有為的。他們妒忌得要死，我們都很明白。所以，特意的設計要把你送到韃子的大營裡去講和。這魔穴得離開，我們該創出一個新的有作為的局面出來，才抵抗得了那韃子的侵略。這局面的中心人物，非你老不成。我們只有一腔的熱血，一雙有力的手腕。擁護你，也便是為國家的復興運動而努力。」

丞相不好說什麼，他明白這一切。他時刻的在羅致才士俊俠們。他有自己的一支子弟兵，訓練得很精銳；可惜糧餉不夠——他是毀家勤王的——正和杜滸相同。人數不能多。他想先把握住朝廷的實權，然後徐圖展布，徹底的來一次掃蕩澄清的工作。然而那些把國家當作了私家的產業，把國事當作了家事的老官僚們，怎肯容他展布一切呢！妒忌使他們盲了目。「寧願送給外賊，不願送給家人」，他們是抱著這樣的不可告人的隱衷的。文天祥拜左丞相的諭旨剛剛下來，他們便設下了一個毒計。

蒙古帥伯顏遣人來邀請宋邦負責的大臣到他軍營裡開談判。

這難題困住了一班的朝士們，議論紛紛的沒有一毫的定見。誰都沒有勇氣去和伯顏談判。家鉉翁是太老了，吳堅是右丞相，政府的重鎮，又多病，也不能去。這難題便落在文天祥的身上。他是剛拜命的左丞相，年剛氣銳，足以當此大任。大家把這使命，這重責，都想往他身上推。

「誰去最能勝任愉快呢？」吳堅道。

「這是我們做臣子的最好的一個效力於君國的機會，我倒想請命去，只可惜我是太老了，太老了，沒有用。」家鉉翁喘息的說道，全身安頓在東邊的一張太師椅上。

「國家興亡，在此一舉，非精明強幹，有大勇大謀的不足以當此重任，」賈餘慶獻諛似的說，兩眼老望著文天祥。他是別有心事的：文天祥走了，左丞相的肥缺兒便要順推給他享受了，所以他慫恿得最有力。

朝臣們紛紛的你一言我一語的，都互相在推諉，其意卻常在「沛公」。

那紛紛營營的青蠅似的聲響，都不足以打動文天祥的心。在他的心裡正有兩個矛盾的觀念在作戰。

他不曾預備著要去。並不是退縮怕事。他早已是準備著為國家而犧牲了一切的。但他恐怕，到了蒙古軍營裡會被扣留。一身不足惜，但此身卻不欲便這樣沒有作用的給糟蹋掉。

當陳宜中為丞相的時候，伯顏也遣人來要宜中去面講和款，那時天祥在他的幕下，再三的諍諫道：

「相公該為國家自重。蒙古人不可信，虎狼之區萬不宜入。若有些許差池，國家將何所賴乎？」

宜中相信了他的話，不曾去。

如今這重擔是要挑在他自己的身上了。他要為國家惜此身。他要做的事比這重要得多。他不願便這樣輕忽的犧牲了。他還有千萬件的大事要做。

他明白自己地位的重要，責任的重大。他一去，國家將何所賴乎？杜滸，他的新相識的一位俠士，也極力的阻止他去；勸他不要以身入虎口。杜滸集合了四千個子弟兵，還有一腔的熱血，要和他合作，同負起救國的責任。也有別的門客們，紛紛擾擾的在發揮種種不同的意見。但他相信，純出於熱情而為遠大的前途作打算者，只有一個杜滸。

然而，文天祥在右丞相吳堅府第裡議事時，看見眾官們的互相推諉，看見那種卑鄙齷齪的態度，臨難退縮，見危求脫的那副怯懦的神氣，他不禁覺得有些冒火。他的雙眼如銅鈴似的發著侃侃的懇摯的光亮。他很想大叫道：

「你們這批卑鄙齷齪的懦夫們呀，走開，讓我前去吧！」

然一想到有一個更大的救國的使命在著，便勉強的把那股憤氣倒嚥了下去。他板著臉，好久不開口。

但狡猾如狐的賈餘慶，卻老把眼珠子溜到他身上來，慢條斯理的說道：

「要說呢，文丞相去是最足以摧折強虜的銳鋒——不過文丞相是國家的柱石——」

他很想叫道：「不錯，假如我不自信有更重要的使命的話，我便去了！」然終於也把這句不客氣的話強嚥了下去。

「文丞相論理是不該冒這大險。不過……國家在危急存亡之候，他老人家……是最適宜於擔著這大任的。」吳堅也吞吞吐吐的應和著說道。

一個醜眉怪目的小人，劉岊，他是永遠逢迎著吳堅、賈餘慶之流的老官僚的，他擠著眼，怪惹人討厭的尖聲說道：

「文丞相耿耿忠心，天日可鑒；當此大任，必不致貽國家以憂戚。昔者，富鄭公折辱遼寇……」

「彼一時也，此一時也，……方張的寇勢，能以一二語折之使退麼？這非有心雄萬夫的勇敢的大臣，比之富鄭公更……」賈餘慶的眼鋒又溜到文天祥的身上，故意的要激動他。

對於這一批老奸巨猾們的心理，他是洞若觀火的。他實在有些忍不住，幾乎不顧一切的叫道：

「我便去！」

他究竟有素養，還是沉默著，只是用威嚴有稜的眼光，來回的掃在賈餘慶和劉岊們的身上。

一時敞亮的大廳上，鴉雀無聲的悄靜了下來，雖然在那裡聚集了不下百餘個貴官大僚。

空氣石塊似的僵硬，個個人呼吸都艱難異樣。一分一秒鐘，比一年一紀還難度過。

還是昏庸異常的右丞相吳堅打破了這個難堪的局面：

「文丞相的高見怎樣呢？以丞相的大才，當此重任，自能綽有餘裕，國家實利賴之。」

他不能不表示什麼了。鋒稜的眼光橫掃過一堂，那一堂是行屍走肉的世界；個個人都低下了眼，望著地，彷彿內疚於心，不敢和他的銳利如刀的眼光相接觸。他在心底深喟了一聲，沉痛的說道：

「如果實在沒有人肯去，而諸位老先生們的意見，都以為非天祥去不可的時候，天祥願為國家粉碎此無用之身。唯恐囂張萬狀的強虜，未必片言可折耳。」

如護國的大神似的，他坐在西向一張太師椅上。西斜的太陽光，正照在他的身上，投影於壁，碩大無朋，正足以於影中籠罩此群懦夫萬輩！

個個人都像從危難中逃出了似的，鬆了一口氣。

文天祥轉了一個念，覺得毅然前去，也未嘗不是一條活路。中國雖曾扣留了北使郝經到十幾年之久——那是賈似道的荒唐的挑釁的盲舉，但北廷卻從不曾扣留過宋使。奉使講和的人，從不曾受過無禮的待遇。恃著他自己的耿耿忠心，不懼艱危，也許可以說服伯顏，保全宋室，使它在不至過分難堪的條件之下，偷生苟活了若干時，然後再徐圖恢復、中興。這未必較之提萬千壯丁和北虜作孤注一擲的辦法便有遜。這也是一個辦法。即使冒觸虜帥而被羈，甚至被殺，還不是和戰死在戰場上一樣的麼？

人生總有一個死，隨時隨處無非可死之時地，為國家，個個人都該貢獻了他的生命，而如何死法，卻不是自己所能自主的。為政治活動者，正像入伍當一個小小的兵丁，自己是早已喪失了自由的——自己絕對沒有選擇死的時和地的自由。

況且北虜的虛實，久已傳聞異辭，究竟他們的軍隊是怎樣的勇猛，其各軍的組織是怎樣的，他們用什麼方法訓練這長勝之軍，一切都該自己去仔細的考察一下，作為將來的準備。那末，這一行，其意義正是至重且大。

這樣一想，他便心平氣和起來，隨即站起身來，說道：

「諸位老先生，事機危矣，天祥明天一早便行，現在還要和北使面談一切。失陪了。」

頭也不回的，剛毅有若一個鐵鑄的人，踏著堅定的足步離開大廳而去。

三

想不到北虜居然出乎例外的會把他羈留著。

杜滸聽見了他出使的消息，焦急的只頓足。見了他，只是茫然若有所失；也更說不出什麼刺激或勸阻的話來。他覺得，這裡面顯有極大的陰謀。他不相信文丞相不明白。他奇怪的是，丞相為什麼毅然肯去。

「難道我們的計劃便通盤打消了麼？」他輕喟的對天祥說道。

「不過，這一著也是不得已的冒險的舉動——戰爭還不像賭博，每一次都在冒險麼？我們天天都要準備站在最前線。又何妨冒這一次險。其實，我的目的還在觀北虜的虛實——你明白我的心事，我去了，你要加緊的訓練著軍士。更艱危的責任，是在你們的身上！」天祥說著，有些黯然，他實在莫測自己此行的前途。

杜滸瞿然的跳叫道：「不然，不然！丞相在，國便在！丞相去了，國事將靠誰支持？吳堅、賈餘慶……不，不，他們豈是可以共事的人！丞相既然決心要出使，那末我也隨去，也許有萬一的幫助。假如北虜有萬一不測的舉動，我們得設法躲逃。丞相以一身擔國家大事，為責甚重。絕不可視自身過輕。要知道我們的身體，已許於國，便是國家的，而不是自己的了！……至於我的子弟兵，那很容易措置，還不是有我的族弟杜渚在統率著麼？他是不會誤事的。」

天祥熱切的握住了杜滸的手，感動得說不出話來，良久，才道：

「杜義士，我是國之大臣，應該為國犧牲。義士何必也隨我冒這大險呢？」

「不，不，我此身是屬於國的，也是屬於丞相的。丞相的安危，便是國家的安危！我要追隨著丞相的左右，萬死無悔！」他的眼眶有些淚點在轉動。

天祥很興奮，知道宋朝還不是完全無人！天下的壯士們是盡可以赤誠熱血相號召的。同時奮然自拔，願和他同去的，又有門客們十餘人，隨從們十餘人。

想不到一到北營便失了自由，一切計劃，全盤的被推翻。北虜防禦得那末周密，他們的軍士們是那末守口如瓶。天祥們決無探訪一切的可能。他們的虛實是不易知的。但所可知的是，他們已下了一個大決心，要掠奪南朝的整個江山，絕不是空言所能折服的。

他對伯顏說了上千上萬的話；話中帶刺，話裡有深意。說得是那末懇切，那末痛切，說得是那末慷慨激昂，不亢不卑，指陳利害是那末切當；聽得北虜的大將們，個個人都為之愕然驚嘆。他們從不曾遇到那末漂亮而剛毅的使臣。

他們在中央亞細亞，在波斯，在印度，滅人國，墟人城，屠毀人的宗社，視為慣常不足奇的事。求和的，投降的使臣們不知見了千千萬萬，只有哀懇的，訴苦的，卑躬屈節的，卻從來不曾見過像這位蠻子般的那末侃侃而談，旁若無人的氣概。

出於天然的，他們都咬指在口，嘖嘖的嘆道：

「好男子，好男子！」

伯顏沉下了臉，想發作，終於默默無言。幾次的爭辯的結果，伯顏是一味敷衍，一味推託；總說沒有推翻南朝社稷之心，總說絕不會傷害百姓，總說要聽命於大皇帝。但文天祥現在是洞若觀火的明白蒙古人的野心；他們不像過去時代的遼、金，以獲得一部分的土地和多量的歲幣與賄賂為滿足的。擋在蒙古人鐵蹄之前的，絕不會有完整的苟全的一片土。他們掃蕩，排除，屠殺一切的障礙，毫不容情，毫不客氣。在他們的字典裡沒有「憐恤」這一個名辭。

文天祥警覺到自己這趟的勞而無功；也警覺到自身的危險。然而他並不氣餒。條件總是談判不下，蒙古兵不肯退，也不叫文天祥回去，只是一天天的敷衍推託著。派他們二個貴族的將官們，天天同天祥作館伴，和他上天下地的瞎聊天。趁著這個機會，文天祥懇切的把能說的，該說的話都說盡了；說到了南朝的歷代深仁厚澤，說到了南方人民們的不易統治，說到了蒙古人之必不能適宜於南部的生活，說到了幾代以來南朝與蒙古皇帝的真誠的合作，說到了南北二朝有共存共榮的必要。他幾乎天天都在熱烈的遊說、辯難著。

那兩位貴酋，也高高興興的和天祥折難，攻駁，但一到了緊要關頭，便連忙顧左右而言他，一點兒真實的意見也不肯表示。蒙古人集重兵於臨安城下，究竟其意何居呢？講和或要求投降？誰都沒有明白的表示。

然而在那若明若昧，閃閃爍爍的鬼祟態度之下，文天祥早看穿了他們的肺腑。他們壓根兒便沒有講和的誠意。已經快到口的一塊肥肉，他們捨得輕易放棄了麼？

捉一個空，天祥對杜滸低聲的嘆息道：「北虜此來，志不在小。只有拚個你死我活的分兒；決沒有可以苟全之理！饒你退讓到絕壁，他們也還是要追迫上來的。講和，只是一句門面話。我懊悔此行。以急速脫出為上策。此事只可和君說！走！除了用全力整軍經武和他們周旋之外，沒有第二條路可走！」

杜滸慷慨的說道：「一切都會在意，我早就看穿了那些狼子們的野心了！」

堅定的眼光互相凝望著。他們的前途明明白白的擺放在那裡；沒有躊躇、徘徊、退縮、躲避的可能。

四

從降臣呂師孟叔侄到了軍中，北虜的情形益加叵測。大營裡天天有竊竊私語聲，不知講論些什麼。一見到文天祥走近，便都緘口不言。天祥好幾次求見伯顏，欲告辭歸之意，只是託辭不見，故意拖延了下去。告二貴酋，要求其轉達，也只是唯唯諾諾的，不置可否。而防衛加嚴，夜間門外有了好幾重的守衛。鐵甲和兵器的鏗鏗相觸聲，聽得很清楚。

終於見到了伯顏。天祥直前詬斥其失信：「說是送我歸朝，為何還遲延了下去呢？有百端的事待理。便講和未成，也該歸朝和諸公卿商議，明奏皇上，別定他計。為什麼明以館伴相禮，而實陰加監視呢？」

伯顏只以虛言相慰。天祥聲色俱厲在呵責，求歸至切。呂文煥適在旁坐，便勸道：

「丞相且請寬心住下，朝事更有他人可理會。南朝也將更有大臣來請和。」

天祥睜目大怒，神光睦睦可畏，罵道：「你這賣國的亂賊，有何面目在此間胡言亂語！恨不族滅你！只怪朝廷失刑！更敢有面皮來做朝士？汝叔侄能殺我，我為大宋忠臣，正是汝叔侄周全我。我又不怕！」

北酋們個個都動容，私語道：「文丞相是心直口快男子心！」

文煥覺得沒趣，半晌不響。然天祥卻因此益不得歸。

文煥輩私語伯顏道：「只有文某是有兵權在手的，人也精明強幹，羈留住了他這人，他們都不足畏了。南朝可傳檄而定。」伯顏也以為然。

五

那一夜，天容黑得如墨，濃雲重重疊疊的堆擁在天上。有三五點豆大的雨點，陸陸續續的落下。窗外芭蕉上漸有淅瀝之聲，風吹得簷鈴間歇的在作響。

窗內是兩支大畫燭在放射不同圈影的紅光。文天祥坐在書桌前，黯然無歡，緊蹙著雙眉，在深思。

唆都，那二貴酋之一，也坐在旁邊，在翻閱他的帶來的幾本詩集，有意無意的說道：

「大元將興學校，立科舉。耶律大丞相是最愛重讀書人的。丞相，您在大宋為狀元宰相，將來必為大元宰相無疑！不像我們南征北討的粗魯人……」

「住口！」天祥跳起來叫道：「你們要明白，我是大宋的使臣！國存與存，國亡與亡！我心如鐵如石，再休說這般的話！」他的聲音因憤激之極而有些哽咽。

「這是男子心，我們拜服之至！只是天下一統，四海同家，做大元宰相，也不虧丞相您十年窗下的苦功。國亡與亡四個字且休道！我們大元朝有多少異族的公卿。」

天祥堅定的站在燭影之下，侃侃的說道：「我和你們說過多少次了，我是大宋的使臣，我的任務是來講和！生為大宋人，死為大宋鬼！再休提那混帳的話。人生只有一個死；我隨地隨時都準備著死。迫緊了我，不過是一死。北廷豈負殺戮使臣之名！」

忙右歹連忙解圍道：「我們且不談那些話。請問大宋度宗皇帝有幾子？」

天祥復坐了下來，答道：「有三子。今上皇帝是嫡子。一為吉王，一為信王。」

「吉王，信王，今何在呢？」

「不在這都城之內。」

忙右歹愕然道：「到那裡去了呢？」

「大臣們早已護送他們出這危城去了！」

唆都連忙問道：「到底到了那裡？」

「不是福建，便是廣東。大宋國疆土萬里，盡有世界在！」

「如今天下一家，何必遠去！」

「什麼話！我們不知道什麼叫做降伏，即使攻破了臨安，我們的世界還有在！今上皇帝如有什麼不測，二王便都已準備好，將別立個朝廷。打到最後一人，我們還是不降伏的！還是講和了好，免得兩敗俱傷。貴國孤軍深入，安見不會遇到精兵勇將們呢？南人們是隨地都有準備的。」

唆都不好再說下去，只是微笑著。

門外畫角聲嗚嗚的吹起，不時有得得的馬蹄聲經過。紅燭的光焰在一抖一抖的，彷彿應和著這寒夜的角聲的哀號。

六

接連的幾天，北營裡紛紛擾擾，彷彿有什麼大事發生。杜滸和小番將們是很接近的，但也打聽不出什麼。

天祥隱約的聽到入城的話，但問起唆都們時，他們便都緘口不言。

伯顏是更不容易見到了。連唆都、忙右歹也忙碌起來，有時半天不見面，好像到什麼地方。歸來總是一身汗，像騎馬走了遠路似的。

天祥知道一定有什麼變故。他心裡很不安，夜間，眼光灼灼的睜著，有一點聲響便側耳細聽。

有一夜，他已經睡了，唆都、忙右歹方才走了進來，脫了靴。彷彿是忙右歹，低語道：「文丞相已經熟睡了罷？這事，大家瞞得他好。呂家叔侄也說，萬不可讓他知道。」

「如今大事已定，還怕他知道做什麼！」唆都粗聲的說。

天祥霍地坐起身來，心臟蓬蓬的像在打鼓，喉頭裡像有什麼東西塞住，一股冷氣通過全身，整個人像跌落在冰窖裡。

「什麼！你們瞞的是什麼事？」

忙右歹連忙向唆都做眉眼，但唆都不顧的說道：

「我告訴您丞相了罷，如今大事已定，天下一統了！我大元軍已經進了貴國都城。貴皇上拜表獻土，並詔書布告天下州郡，各使歸附。我大皇帝和大元帥寬厚仁慈，百姓們絲毫不擾，社稷宗廟可以無虞。不過納降大事，大元帥已請貴國吳相，賈相，謝樞密，家參政，劉同知五人，為祈請使奉表大都，懇請大皇帝恩恤保存！」

「這話真的麼？」天祥有些暈亂，勉強的問道。

「那有假的！我們北人從來說一是一。」

天祥像在雲端跌到深淵之下；身體有些飄忽，心頭是欲嘔不嘔，手足都戰抖著，面色蒼白得可怕。掙扎得很久，突伏在桌上大哭起來。

血與淚的交流；希望與光明之途，一時都塞絕。他不知道怎麼辦好！此身如浮萍似的無依。只欠一死，別無他途。

那哭聲打動得唆都們都有些淒然。但誰都不敢勸。紅燭光下，透吐出一聲的哀號，在靜夜，淒厲之至！

門外守衛的甲士們，偶然轉動著刀矛上的鐵環，發出丁丁之聲。唆都防衛得更嚴，寸步都不敢離開，怕天祥會有什麼意外。

七

杜滸湊一個空，來見天祥。天祥的雙眼是紅腫著，清秀的臉上浮現著焦苦絕望的神色。

杜滸的頭髮蓬亂得像一堆茅草，他從早起便不曾梳洗。

低聲的談著。

「我們的子弟兵聽說已經從富春退到婺、處二州去了；實力都還不曾損。」杜滸道。

天祥只點點頭，萬事無所容心的。

「吳堅、賈餘慶輩為祈請使北上，不知還能為國家延一線之脈否？最可憐的是，那末頹老的家參政，也迫他同行。丞相明天也許可以見到他們。」

天祥默然的，不知在打什麼主意。他的心是空虛的。一個亡國的被羈的使臣，所求的是什麼呢？

「但還有一個更重要的消息︰雖詔書布告天下州郡，各使歸附北廷。但聽說，肯奉詔的很少。忠於國的人很多。兩淮、浙東、閩、廣諸守將都有抗戰到底的準備，國家還可為！」

天祥像從死亡裡逃出來一樣，心裡漸有了生機，眼光從死色而漸恢復了堅定的嚴肅。

「那末，我們也該有個打算。」

「不錯，我們幾個人正在請示丞相，要設法逃出這北營，回到我們的軍隊裡去。」

「好吧，我們便作這打算。不過，要機密。如今，他們是更不會放我歸去的了；除了逃亡，沒有其他的辦法。」

杜滸道︰「我去通知隨從們隨時準備著。」

「得小心在意！」

「知道的。」

就在這一天下午，伯顏使天祥和吳堅、賈餘慶輩一見。

「國家大事難道竟糟到這樣地步了麼？」天祥一見面便哭起來。

相對泫然。誰也不敢說話。

「老夫不難引決；唯有一個最後的希望，為國家祈請北主，留一線命脈。故爾偷生到此。」家鉉翁啜泣道。

「北廷大皇帝也許可以陳說；伯顏輩的氣焰不可向邇，沒有什麼辦法。所以，為社稷宗廟的保全計，也只有北上祈請的一途。」賈餘慶道。

天祥不說什麼。沉默了一會。

唆都跑了來，傳達伯顏的話道：「大元帥請文丞相也偕同諸位老先生一同北上。」

天祥明白這是驅逐他北去的表示。在這裡，他們實在沒有法子安置他。但這個侮辱是太大！伯顏可以命令他！他不在祈請使之列，為何要偕同北上呢？

他想立刻起來呵責一頓；他絕不為不義屈！他又有了死的決心。北人如果強迫他去，他便引決，不為偷生。

但這時是勉強的忍受住了，裝作不理會的樣子。

那一夜，他們都同在天祥所住的館驛裡。天祥作家書，仔細的處分著家事。

那五位，都沒有殉國的決心。家鉉翁以為死傷勇；祈而未許，死還未晚。吳堅則唯唯諾諾，一點主見也沒有。賈餘慶、謝堂、劉岊輩口氣是那末圓滑，彷彿已有棄此仕彼的心意，只是不好說出口。

杜滸，在深夜裡，匆匆的到了天祥寢處，面有喜色的耳語道：「國事大有可為！傍晚時，聽說陳丞相、張樞密已有在永嘉別立朝廷的準備了；這是北兵的飛探報告的。伯顏很恐慌。」

「如天之福！」天祥仰天禱道。

他的死志又因之而徘徊隱忍的延下來。而逃亡之念更堅。

「有希望逃出麼？」

杜滸搖搖頭。「門外是三四重的守衛。大營的巡哨極嚴，行人盤查得極緊密。徒死無益。再等一二天看。」

「名譽的死」與「隱忍以謀大事」的兩條路，在天祥心裡交戰了一夜。

「我們須為國家而存在，任何艱危屈辱所不辭！」他喃喃的夢語似的自誓道。

第三天，他們走了，簡直沒有一線的機會給天祥逃走。他只好隱忍的負辱同行。他的同來的門客都陸續的星散了。會彈古琴的周英，最早的悄悄的溜走。相從兵間的參謀顧守執也就不告而別。大多數的人，都是天祥在臨行之前遣散了的。他們知道這一去大都，凶多吉少，便也各自打算，揮淚而別。不走的門客和隨從們是十一個。杜滸自然是不走。他對同伴們說道：

「丞相到那裡去，我也要追隨在他的左右。我們還有更艱巨的工作在後面。」

一個路分，金應，從小便跟在天祥身邊的，他也不願走。他是剛過二十的少年，意氣壯盛，有些膂力。

「我們該追隨丞相出死入生，為國盡力！」他叫道。

十一個人高聲的舉手自誓，永不相離。天祥淒然的微笑著；方稜的眼角有些淚珠兒在聚集，連忙強忍住了。

「那末，我們得隨時準備著。說不定什麼時候有事，我們應該盡全力保護丞相！」杜滸道。

仗節辭王室，悠悠萬里轅！
諸君皆兩別，一士獨星言！
啼鳥亂人意，落花銷客魂。
東坡愛巢谷，頗恨晚登門。

杜滸悄悄的對天祥道：「我們等機會；一有機會，我們便走；疾趨軍中，徐圖恢復！路上的機會最多；請丞相覺醒些。一見到我的暗號，便當疾起疾走！」

「知道，我也刻刻小心留意。」

那一夜，船泊在謝村。他們上岸，住在農家。防禦得稍疏。到了北營之後，永不曾聽見雞啼。這半夜裡，卻聽得窗外有雄雞長啼著。覺得有些異樣，也有些興奮。

他們都在燈下整理應用的雜物；該拋的拋下，該帶的帶著，總以便於奔跑為第一件事。燈下照著憧憧往來的忙亂的人影，這是一個頗好的機會。

杜滸吩咐金應道：「到門外看看有什麼巡邏的哨卒沒有？」

金應剛一動足，突聞門外有一大隊人馬走過，至門而停步。把破門打得嘭嘭的響。

吃了一驚，那主人戰抖的跑去開門。一位中年的北方人，劉百戶奉了命令來請天祥立刻下船。同來的有二三十個兵卒，左右的監護著。那逃走的計劃只好打消。

但劉百戶究竟是中國人，聽了婉曲的告訴之後，便不十分的迫逼，竟大膽的允許到第二天同走。然防衛是加嚴了。

不料到了第二天清晨，大酋鐵木兒卻親駕一隻船，令一個回回人命裡，那多毛的醜番，立刻擒捉天祥上船。那種凶凶的氣勢，竟使人有莫測其意的惶惑。杜滸、金應都哭了。他們想撲向前去救護。

天祥道：「沒有什麼，該鎮定些。他們絕不敢拿我怎樣的。此刻萬事且須容忍。以蛋碰石，必然無倖！」

他們個個人憤怒得目眦欲裂。可惜是沒有武器在手，否則，說不定會有什麼流血的事發生。

且拖且拉的把天祥導上了船，杜滸們也荷著行李，跟了上去。在船上倒沒有什麼。只是防備甚嚴。為祈請諸使乘坐的幾隻船都另有小舟在防守著；隨從們上下進出，都得仔細的盤查，搜檢。他們成為失了自由的人了！

聽說劉百戶為了沒有遵守上令，曾受到很重的處分。幾個色目人乘機進讒，說是中國人居心莫測，該好好的防備著。所以重要的兵目、首領，都另換了色目人。

八

那一夜，仍宿在岸上。有留遠亭，北酋們設酒於亭上，請祈請諸使列坐宴飲。亭前燃起了一堆火。他們還忘不了在沙漠裡住蒙古包的習慣。賈餘慶在飲酒中間，裝瘋作傻，詆罵南朝人物無所不至，用以獻媚於鐵木兒。那大酋只是吃吃的笑。

更荒唐的是劉岊，說盡了平常人不忍出口的穢褻的話，只是想佞媚取容。諸酋把他當作了笑具。個個人在取笑他，以他為開玩笑的鵠的。他嘻嘻的笑著，恬然不以為恥。

天祥掉轉了頭，不忍看。呂文煥悄悄的對天祥道：

「國家將亡，生出此等人物，為南人羞！」

他並不答理文煥。半閉目的在養神，雜碎的笑語，充耳不聞，笑語也擲不到他的一個角隅來。

突然的一個哄堂的大笑。站在身邊的杜滸頓足道：「太該死了！太該死了！假如有地縫可鑽，我真要鑽下去了。」

天祥張開了眼。不知從什麼地方攜來了一個鄉婦，醜得可怕，但和北人甚習，恐怕是被擄來已久。北酋們命這鄉婦踞坐在劉岊的身上，劉岊居然和她調戲。

一個貴酋指揮道：「怎麼不抱抱這位老先生呢？」

鄉婦真的雙手抱住了他，咬唇為戲。劉岊還笑嘻嘻的隨順著。連吳堅也覺得難堪。

天祥且悲且憤的站了起來，踏著堅定的足步而去。吳堅、家鉉翁、賈餘慶也起而告辭。

遠遠的還聽見亭上有連續的笑聲，不知這活劇要進行到什麼時候。

九

船到了鎮江，諸祈請使和護送的北軍們都暫紮了下來。鎮江是一個四通八達的所在；對岸的揚州和真州都還在南軍手裡。北方的大軍都駐在瓜州一帶，在監視揚、真兩軍的舉動。鎮江的軍隊並不多。

天祥們在這裡比較的可以自由。他住在一個小商店的樓上。杜滸們也隨在左右。他們是十二個。

江上的帆船往來不絕，天祥天天登樓望遠，希望能夠得到一隻船，載渡他們向真州一帶去。一到了那裡，他們便可脫險了。這事，杜滸擔任下全責。

他天天上街打聽消息。同伴們裡有一個真州人余元慶，他熟悉這裡的風土，也同在策劃一切，杜滸道：

「這裡再不走脫，更向北走，便不會有可脫之途了。但這事太危險。我準備以一死報丞相！」

天祥在袖中取出一支小匕首來，說道：「我永遠的帶著這匕首，事不濟，便以此自殺，絕不再北行！」

如顛狂的人似的，杜架閣天天在酒樓鬧市上喝酒胡鬧。見一可謀的人，便強拉他為友，和他同醉。醉裡，談到了南朝的事，無不興奮欲圖自效。他便很大膽的傾心腑與之商謀，欲求得一船，為逃遁計。那人也慷慨激昂的答應了。

然而空船永遠沒有。所有的空船，都已為北軍所封捉。往來商艇，幾已絕跡。江上紛紛藉藉的不是北軍的糧船，便是交通艇。每隻船上都有韃子或回回督壓著。那當然是談不到什麼租賃的話，更不必說同逃。

這樣的，杜滸見人便談，一談便商議到租船的事；所商的不止十個人，還是一點影子都沒有。

已經有了北行的消息。在這幾天裡，如果不及速逃出，那逃出的希望便將塞絕。

天祥天天焦急的在向杜滸打聽，杜滸也一籌莫展的枉在東西奔走，還是沒有絲毫的好消息。

說是第二天便要請祈請使們過江到瓜州，再由那邊動身北去。

「再不能遲延下去了?怎麼辦呢?」天祥焦慮的說道。

「能同謀的人們，都已商量到的了，還是沒有影響;昨天有一個小兵，說是可以盡力;他知道有一隻船，藏在某地，可以招致。但到了晚上，他悄悄的來了，一頭的大汗，勞倦得喘不過氣來。那隻船卻不知在什麼時候已被北軍封去了。」

默默無言的相對著，失望的陰影爬上每個人的心頭，每個人的心頭都覺得有些涼冰冰的。

「只有這一個絕著了!」余元慶，一個真州人，瘦削多愁，極少開口，道:「我有一個很好的朋友，不見已久，前天忽然在街頭遇見了，還同喝了一回酒，他告訴我，他現在北船裡為頭目。姑且和他商議看。事如可成，這是丞相如天之福;事不完成，為他所洩，那末，我們便也同死無怨!」

「只有走這末一個絕著了。」杜滸道。

「我已決意不再北行了;不逃出這裡，便死在這裡!」天祥堅決的說道。「只是諸位的意思怎樣？」

「願隨丞相同生同死！」金應宣誓似的叫道。

「我們也願隨丞相同生同死！」余元慶和其他八個人同聲說道。

他們是十二個。

「誰洩露此消息者，誰逃避不前者，願受到最殘酷的終局！」杜滸領導著宣誓說。

空氣是緊張而又親切，惶恐而又堅定。

十

余元慶在夕陽西下的時候，去訪問他的舊相識吳淵，那位管那隻北船的頭目。吳淵熱烈的歡迎他。

「難得您在這個時候光臨。夥計，去打些酒來，買些什麼下酒的菜蔬，我們得暢快的談談。」

「不必太費心了，只是說幾句便走。」余元慶道。但也不攔阻夥計的出去。

「連年來很得意罷，吳哥。」余元慶從遠處淡淡的說起。

吳淵嘆了一口氣：「不必提了，余哥；活著做亡國奴做隨了降將軍而降伏的小卒，有什麼意思！想不到鮑老爺那末輕輕易易的便開了城門迎降，牽累得我們都做了不忠不義之徒，臭名傳萬世！還不如戰死了好！最難堪的是，得聽韃子們的呼叱。那批深目高鼻，滿臉是毛的回回們更凶暴得可怕。他們也是亡國奴，可是把受到的韃子們的氣都洩在我們的身上。余哥，不瞞您說，您老是大忠臣文丞相的親人，也不怕您洩漏什麼，只要有恢復的機會，我是湯便湯裡去，火便火裡去，決無反悔！總比活著受罪好！我是受夠了韃子們回回們的氣了！一刀一槍的拚個你死我活，好痛快！」

吳淵說得憤激，氣沖沖的彷彿手裡便執著一根丈八長矛，在躍躍欲試的要衝鋒陷陣。他的眼眦都睜得要裂開，那樣兇狠狠的威稜，是從心底發出的勇敢與鬱憤！「可是我們失去這為國效力的機會！」說時，猶深有遺憾。

余元慶知道他是一位同心的人，故意的嘆口氣，勸道：「如今是局勢全非了；皇帝已經上表獻地，且還頒下詔書，諭令天下州郡納款投誠。我輩小人，徒有一身勇力，能幹得什麼事！只怕是做定了亡國奴了！」

吳淵憤懣的叫道：「余哥，話不是這麼說！姓趙的皇帝投了降，難道我們中國人便都隨他做了亡國奴！不，不，余哥，我的身雖在北，我的心永遠是南向的。我委屈的姑和韃子們周旋，只盼望有那末一天，有那末一個人，肯出來為國家盡力，替南人們爭一口氣，我就死也瞑目！」說到這裡，他的目眶都紅了，勉強忍住了淚；說下去：

「余哥，別人我也不說，像文丞相，難道便真的甘心自己送入虎口麼？我看，一到了北廷，是絕不會讓他再歸來的。」

余元慶再也忍不住了，熱切的感情的捉住了吳淵的手掌，緊握不放，說道：

「吳哥，我們南人們得爭一口氣！我也再不能瞞住您不說了！文丞相卻正是為此事苦心焦慮。他何嘗願意北去，他是被劫持著同走的。在途中，幾次的要逃出，都不能如願。如今是最好的一個逃脫的機會；這個機會一失，再北行便要希望斷絕。我此來，正要和吳哥商量這事。難得吳哥有這忠肝義膽！吳哥，您還沒有見到像文丞相那末忠貞和藹的人呢，真是令人從之死而無怨。朝裡的大臣們要個個都和他一樣，國事何至糟到這個地步呢？還有相從的同伴們像杜架閣、金路分們也都是說一是一的好漢們，可以共患難，同死生的。吳哥，說句出於肺腑的話，要不，我為何肯捨棄了安樂的生涯而甘冒那末可怕的艱危與險厄呢？臨來的時候，文丞相親口對我說過：吳哥如果肯載渡他逃出了北軍的掌握，他願給吳哥以承宣使，並賜白銀千兩。」

「這算什麼呢？救出了自己國裡的一位大臣，難道還希冀什麼官爵和賞金！快別提這話了。余哥，您還不明白我的心麼？」他指著心胸，「我恨不剖出給您看！」

「不是那末說，吳哥，」余元慶說，「我不能不傳達文丞相的話，丞相也只是盡他的一分心而已。丞相建得大功業，恢復得國家朝廷，我們相隨的人，可得的豈僅止此！且又何嘗希冀這勞什子的官和財！我們死時，得做大宋鬼，得眠歇在一片清白的土地上，便已心滿意足了。不過，丞相既是這末說，吳哥也何必固拒？」

吳淵道：「余哥呀，我們幹罷，您且引我去看看丞相；我為祖國的人出力，便死也無怨！至於什麼官賜，且不必提；提了倒見外，使我痛心！我不是那樣的人！」

余元慶不敢再說下去。那位夥計恰才回來，手裡提了一葫蘆的酒，一包荷葉包著的食物，放在桌上。

「不喝了罷，余哥，我們走！」吳淵道。

街上，巡哨的尖兵，提鑼擊柝，不斷的走過。但吳淵有腰牌，得能通行無阻。

「好嚴厲的巡查！」余元慶吐舌說道。

「整街整巷的都是巡哨，三個人以上的結伴同行，便要受更嚴厲的盤查。」

余元慶心下暗地著急：「怎樣能透過那些哨兵的防線而出走呢，即使有了船。」

「一起了更，巡哨們便都出來了；都是我們南人，只是頭目是韃子兵或色目兵。只有他們兇狠，自己人究竟好說話。我這裡地理也不大熟悉，不知道有冷僻點的路可到江邊的沒有？」

「且先去踏路看，」余元慶道。「有了船，在江邊，走不出哨線，也沒有用處。」

他們轉了幾個彎，街頭巷口，幾乎沒有一處無哨兵在盤查阻難的。

這把吳淵和余元慶難住了。他們站在一個較冷僻的所在，面對面的觀望著，一毫辦法也沒有。

前面一所傾斜的茅屋裡，隱約的露出了燈光。吳淵恍若有悟的，拉了余元慶的手便走：「住在這屋裡的是一個老軍校，他是一個地理鬼，鎮江的全城的街巷曲折，都爛熟在他的心上。得向他探問。可是，他是一個醉鬼，窮得發了慌，可非錢不行。」

「那容易辦，」余元慶道。

一個老婦出來開了門，那老頭兒還在燈下獨酌。見了吳淵，連忙站了起來，行了禮，短舌頭的說道：「吳頭目夜巡到這裡，小老兒別無可敬，只有這酒，請暖暖冷氣。」說時，便要去斟。吳淵連忙止住了他，拉他到門外，說道：「借一步說話。」

給門外的夜風一吹，這老頭兒才有些清醒。吳淵問道：「你知道從鼓兒巷到江邊，有冷僻的道兒沒有？」

老頭兒道：「除了我，問別人也不知。由鼓兒巷轉了幾個彎，——一時也說不清走那幾條小巷，——便是荒涼的所在。從此落荒東走，便可到江岸。可是得由我引道。別人不會認得。」

吳淵低聲的說道：「這話你可不能對第二個人提，提了當心你的老命！我有一場小財運奉送給你，你得小心在意。明兒，也許後兒的夜晚，有幾位客人們要從鼓兒巷到江邊來。不想驚動人，要挑冷巷走，由你領路，到了江邊，給你十兩白銀。你要是把這話說洩漏了，可得小心，你逃不出我的手掌心兒！」

老頭兒帶笑的說道：「小老兒不敢，小老兒不敢！」

他們約定了第二天下午再見面。

十一

那一夜把什麼事都準備好了。吳淵去預備好船隻，桅上掛著三盞紅燈，一盞綠燈為號。第二天黃昏時便在船上等候，人一到齊，便開船。

杜滸和余元慶預備第二天一清早便再去約妥那領路的老頭兒，帶便的先踏一踏路。

一切都有了把握。文天祥整夜的眼灼灼的巴望著天快亮，不能入睡。杜滸也興奮得閉不上眼。少年的金應，沒有什麼顧慮，他頭腦最單純，他最樂觀，一倒下頭便酣睡，如雷的鼾聲，均勻的一聲聲的響著。

鄰家第一隻早雞的長啼，便驚動了杜滸；他一夜只是朦朦朧朧的憩息著。

天祥在大床上轉側著。

「丞相還不曾睡麼？」杜滸輕聲的說道。

「怎麼能夠睡得著。」

金應們的鼾聲還在間歇而均勻的作響。雞聲又繼續的高啼幾響。較夜間還冷的早寒，使杜滸把薄被更裹緊了些。

但天祥已坐起在床。東方的天空剛有些魚肚白，夜雲還不曾散。但不一會兒，整個天空便都泛成了淺白色，而東方卻為曙光所染紅。

雞啼得更熱鬧。

杜滸也起身來。余元慶被驚動，也跳了起來。

那整個的清晨，各忙著應做的事。

但瓜州那邊的北軍大營，卻派了人來說，限於正午以前渡江。脫逃的計劃，幾乎全盤為之推翻。

又有一個差官來傳說，賈餘慶、劉岊們都已經渡江了。只有吳堅因身體不爽，還住在臨河的一家客邸裡，動彈不得。文天祥乘機便對差官說，他要和吳丞相在明天一早渡江，此時來不及，且不便走路。

那位獰惡的差官，王千戶，勉強的答應了在第二天走；但便住在那家店裡監護得寸步不離。

天祥暗地裡著急非凡，只好虛與敷衍，曲意逢迎。在那永遠不見笑容的醜惡的狠臉上，也微有一絲的喜色。杜滸更傾身的和他結納，斥資買酒，終日痛飲。那店主人也加入哄鬧著喝酒。到了傍晚，他們都沉醉了，王千戶不顧一切的，伏在桌上便熟睡。店主人也歸房憩息。

余元慶引路，和杜滸同去約那老頭兒來，但那老頭兒也已轟飲大醉，舌根兒有些短，說話都不清楚。杜滸十分的著急，勉強的拉了他走。那老婦人看情形可疑，便叨絮絮的發話道：「鬼鬼崇崇的圖謀著什麼事！我知道你們的根柢，不要牽累到我們的老頭兒。你們再不走，我便要到哨所去告發了！」

想不到的恐嚇與阻礙。杜滸連忙從身邊取出一塊銀子，也不計多少，塞在那老婦人的手上，說道：「沒有什麼要緊的事，請你放心。我們說幾句話便回的。這銀子是昨天吳頭目答應了給他的，你先收了下來。」

白燦燦的銀光收斂了那老婦人的凶焰。

老頭兒到了鼓兒巷，大家用濃茶灌他幾大碗，他方才有些清醒。

「現在便走了麼？」杜湁道。

「且慢著，要等到深夜，這巷口有一棚韃子兵駐紮著，要等他們熟睡了方可走動。出了這巷口，便都是僻冷的小弄，不會逢到巡哨的了。」老頭子說道。

王千戶還伏在桌上熟睡，發著吼吼的鼾聲，牛鳴似的。

誰都不敢去驚動他。他一醒，大事便去，連他的一轉側，一伸足，都要令人嚇得一跳。二十多隻眼光都凝注在他身上。

一刻如一年的挨過去！聽著打二更，打三更。個個人的心頭都打鼓似的在動盪，惶惑的提心吊膽著。

「該是走的時候了，」老頭兒輕聲道，站了起來，在前引路。杜湁小心在意的把街門開了，十幾個人魚貫而出。天上布滿了白雲，只有幾粒星光。不敢點燈籠，只得摸索而前，盲人似的。

街上是死寂的沉靜，連狗吠之聲也沒有。他們放輕了足步，偷兒般的，心肝彷彿便提懸在口裡。蓬蓬的心臟的鼓動聲，個個人自己都聽得見。

老頭兒回轉頭來，搖搖手。這是巷口了。一所破屋在路旁站著，敞開著大門，彷佛張大了嘴要吞下過客。門內縱縱橫橫的睡著二十多個韃子兵。鼾聲如雷的響，在這深夜裡，在逃亡者聽來，更覺得可怖。

在屋前，卻又縱縱橫橫的繫住十多匹悍惡的坐馬，明顯的是為了擋路用的。一行人走近了，馬群便擾動起來，鼻子裡嘶嘶的噴吐著氣，鐵蹄不住的踏地，聲音怪響的。

一行人都覺得靈魂兒已經飄飄蕩蕩的飛在上空，身無所主，只有默禱著天神的護佑。他們進退兩難的站在這縱橫擋道的馬匹之前，沒有辦法。

虧得余元慶是調馴馬匹的慣手，金應也懂得這一行。他們倆戰戰兢兢的先去馴服那十多匹的悍馬，一匹匹的牽過一旁，讓出一條大路來，驚累得一頭的冷汗，費了兩刻以上的時間，方才完事。

他們過了這一關，彷佛死裡逃生，簡直比鬼門關還難闖。沒有一個人不是遍體的冷汗溼衣。文丞相輕輕的喟了一口氣。

羅剎盈庭夜色寒，人家燈火半闌珊；
夢迴跳出鐵門限，世上一重人鬼關！

十二

更生似的，他們登上了船板。立刻便開船。吳淵掌著舵，還指揮著水手們搖櫓。咿咿啞啞的櫓聲，在深夜裡傳出，更顯得清晰。長江的水，迎著船頭，拍拍的作響，有韻律似的。

船裡沒有點燈，黑漆漆的伸手不見五指。他們是十二個，沉默的緊擠的坐著，不知彼此心裡在想什麼。

他們並不曾鬆過一口氣，緊張的局面儼然的還存在著。江岸兩邊，北軍的船隻織梭似的停泊著，連綿數十里不斷。嗚梆唱更，戒備極嚴。吳淵那隻船，就從這些敵船邊經過，戰兢兢的唯恐有什麼人來盤問。

想要加速度的闖出這關口，船搖得卻像特別的慢。好久好久，還不曾越出那些北船的前面。

到了七里江，北船漸漸稀少了。後面是一片的燈光，映在江上，紅辣辣的，嘈雜的人聲似夢語似的隱約的擲過來。

前面是空闊的大江，冷落孤寂，悄無片帆。很遠的所在，有一二星紅光在間歇的閃爍，大約是漁火罷。

江水墨似的黑，天空是悶沉沉的，一點清朗之意都沒有。那隻船如盲人似的在這深夜裡向前直闖；沒有燈光，也沒有桅火。假如沒有櫓槳的咿咿聲，便像是一隻無人的空艇。

後方的人聲已經聽不見，血紅的熱鬧的火光，變成了一長條一長條的紅影子，映在水上，怪淒涼的。

杜滸長長的吐了一口氣，剛要開口說話，卻聽得江上黑漆漆的一個角隅，發出一聲吆喝：

「是什麼船隻，在這夜裡走動？」

驚得船上的人們都像急奔的逃難者，一足踏空在林邊的陷阱上一樣，心旌飄飄蕩蕩的，不知置身於何所。

船梢上吳淵答道：「是河豚船。」

「停止！」那在黑暗裡截阻來往船隻的巡船的人叫道。

吳淵和水手們手忙足亂的加勁的搖，想逃出這無幸的不意的難關。

巡船上有一個人大叫道：「是歹船！快截住它！」

彷彿有解纜取篙的聲音。巡船在向吳淵的那隻船移動來。吳淵明白，北人所謂「歹船」，便是稱奸細或暗探的船隻之意。被截住，必定是無幸的。

船上的人們如待決的死囚似的，默不出聲，緊緊的擠在一處。文丞相在摸取他袖中的小匕首。如被獲了，他不入水則必以此小匕首自剄。

他們那些人冷汗像細珠似的不斷的滲透出皮膚之外來。

吳淵的手掌上也黏滑得像塑過油膏。

連呼吸都困難異常。

但巡船終於沒有來。這時江水因退潮落得很低，巡船擱淺在泥灘上，急切的下不了水，便也不來追。

江風像呼嘯似的在吹過，水面動盪得漸漸厲害起來，白色的浪沫，跳躍得很高。

吳淵道：「起風了，快扯上大篷。」

船很快的向前疾駛，不假一毫的人力，水浪激怒的在和船底相衝擊。

「大約，像這樣的順風，不到天亮，便可以達到真州城下了。真是虧得江河田相公的護佑！」

大家都方才鬆了那口氣。

船由大江轉入運河，風卻靜了下來。船彷彿走得極慢，水手們出全力搖槳撐篙，有時還上岸幾個人，急速的拽纜向前。但心裡愈著急，彷彿這船移動得愈慢。天色漸亮，金應、余元慶們都已齁齁的入睡，鼾聲彼此相應。文天祥卻仍是雙眼灼灼，一毫睡意也沒有。

他怕北船從後面追躡而來，又怕北兵有哨騎在河岸上；恨不得一篙便到真州城下，始終是提心吊膽的。

遠遠的在晨光裡望見了真州的蜿蜒的城牆。城中央的一座高塔，也可看得到。攻瑰色的曙光正從東方照射在塔頂上。萬物彷彿都有了生氣。

隨從們陸續的從睡裡醒來，匆匆的在收拾包裹。

天祥的心裡，也像得著太陽光似的，蘇生了過來。

但這船不能停泊在城下；潮水正落，船撐不進內河，只好停在五里頭。大家起岸，向城走去。城外荒涼得可怕。沒有一家茅舍；四望無際，半個人影兒都沒有。這一隊人，匆匆的急速向城門走去。走的時候，還頻頻回頭，只怕不意的有追騎趕上來，他們成了驚弓之鳥。

吳淵沒有同來，他留在船上，要候潮水把船撐到城邊來。

但終於不再見到他。聽說那一天的正午，有北軍的哨馬到了五里頭。這位忠肝義膽的壯士，其運命是不難知的！

十三

他們是十二個。到了真州城下，恰恰開了一扇城門，放百姓們出來打樵汲水。百姓們都驚怪的圍上了他們，東盤西問的。守城的將士們也皆出來了。

杜滸向他們說道：「這文丞相在鎮江北營裡走脫，徑來投奔。請那位到城裡去報告太守一聲。」

金應嘆著氣，說道：「一路上好不容易脫險！」

一個小頭目說道：「請丞相和諸位先進了城門。」同時吩咐一個兵卒，立刻去通知苗太守。

天祥和隨從們都進了城。城牆並不高，街道也很窄小。行人卻擁擁擠擠的，都是鄉間逃難來的。商店都半掩上了門，也有完全閉卻了的。是兵荒馬亂的時候的景象！那位小頭目引導著他們向太守衙署走去。

在中途，太守苗再成也正率領了將官們來迎接。他是認識文丞相的，當丞相統兵守平江府時，他曾因軍事謁見過幾次。

苗太守要行大禮，但天祥把他扶住了。親切的緊握住了他的手，一時說不出話來，只是不由自主的哀號不已。苗太守也哭了起來。道旁的觀者們，也有掩面落淚的。

「想不到今生得再見中國衣冠！真是重睹天日！」良久，天祥感慨的說道，淚絲還掛在眼眶邊上。

觀者夾道如堵，連路都被塞住了。

「京城已失，兩淮戰守俱困。丞相此來，如天之福。真州可以有主宰！虜情，丞相自瞭如指掌。願從麾下，同赴國仇！」苗太守婉婉的說道，一邊吩咐侍從們在人群裡辟出一條路來，讓丞相走過。

到了州衙裡，苗再成匆匆忙忙的收拾出清邊堂，請文丞相暫住。便在堂上設宴款待丞相和同來的人們，諸重要將佐和幕客們也都列席。

在宴席上，苗再成慷慨激昂的陳說天下大事；與宴的，個個人說起蒙古人來，無一不有不共戴天，願與一拚的悲憤。

「兩淮的兵力是足以牽制北軍的。士氣也可以用。他們本不敢正眼兒一窺兩淮。只可惜兩淮的大將們薄有嫌隙，各固其圉，不能協力合作。天使丞相至此，來通兩淮脈絡。李公、夏老以至朱渙、姜才、蒙亨諸將，必能棄前嫌而效力於丞相麾下的。某的一支兵，願聽丞相指使。」苗再成出於至誠的說道。

「這是天使中國恢復的機會！有什麼可使兩淮諸將合作的途徑，我都願意盡力。現在不是鬧意氣的私鬥的時候！合力抗敵，猶恐不及，豈能自相分裂！這事，我必以全力赴之。夏老，某雖不識其人，想無不可以大義動的。李公曾有數面，必能信某不疑。」天祥說道。

「虜兵全集中於浙中；兩淮之兵，突出不意，從江岸截之，可獲全勝。」再成說道。

「浙東聞有陳丞相主特軍事，二王亦在彼，天下義士們皆赴之；聞兩淮報，必能出兵追擊，虜帥可生致也！」天祥說道。

他們熱烈的忠誠的在劃策天下事，前途似有無限的光明。幕客們和部將們皆喜躍。大家都以為中興是有望的，只是不測李、夏諸人的心意。

「有丞相主持一切，李、夏二公必會棄嫌合作無疑。」一個瘦削的幕客說道。

「但得先致札給他們，約定出兵的路徑和計劃，」再成道。「就請丞相作書致夏老、李公和諸郡，再成當以復帖副之。不出數日，必見分曉。」

就在清邊堂上，忙忙碌碌的磨墨摺紙，從事於書札寫帖。天祥高高興興的手不停揮的把所有的札帖，一封封的寫畢；忠義之懷，直透出於紙背；寫得是那末懇切，那末周至，那末沉痛，那末明白曉暢，就是驕兵悍將讀之，也將為之感泣。

苗再成也追隨著忙碌的在寫復帖。全堂上只聽見簌簌的筆尖觸紙的急促細碎的響聲；間以隆隆的磨墨的動作。

誰都沒有敢交談。然而空氣是熱烈而親切，光明而緊張。一個恢復中原的大計劃的輪廓，就擺放在大眾之前；他們彷彿便已看見韃子兵的狼狽敗退，漢族大軍的追奔逐北。

杜湉的眼光，不離的凝望在文丞相的身上；他那不高不矮的身材，藹然可親的清秀的面部，一腔的熱血赤誠，在杜湉看來，是那末樣的偉大可愛！他望著丞相的側面。丞相坐在一把太師椅上，手不停揮的在寫，熱血彷彿便隨了筆尖而湧出。雖焦慮用力，但興奮異常。未之前見的高興與舒暢。

「也不枉了丞相冒萬死的這趟逃出，」杜湉在心底自語道；他也感到充分的快適，像初冬在庭前曝於黃澄可愛的太陽光裡一樣，光明而無所窒礙。

十四

天天在等待著諸郡的復札。策劃與壯談，消磨了清邊堂上的時間。文天祥和他的隨從們，這幾天來，都已充分的恢復了疲倦。把幾天前脫逃的千辛萬苦，幾乎都忘記乾淨。只是余元慶，那個瘦削多愁的本地人，卻終日在想念著他的朋友吳淵。也曾托幾個人到五里頭去打聽消息，連船都不見。他是遭難無疑。想起了便心痛。卻不敢向文丞相提起，怕他也難過。

到了第三天，苗再成絕早的便派人來請丞相，說早食後看城子。天祥很高興的答應了。

過了一會，一位偏將陸都統來請丞相上小西門城上閒看，杜滸們也都跟隨了去。城是不高，卻修建得很堅固；城濠也深，濠水綠得可愛。岸邊還拖掛著些未融化盡的碎冰塊。微風吹水，粼粼作波，饒有春意。郊原上野草也都有綠態，在一片枯黃裡，漸鑽出嫩綠的苗頭來。只是沒有樹，沒有人家。一望無際的荒原。遠處，有幾個池塘，映在初陽下，閃耀有光。這怕是可憐的春日孤城的唯一點綴。

天祥覺得胸次很光明，很舒暢，未之前有的放懷無慮。春晨的太陽光，那末晶潔，和暖的晒在他身上。冬衣有些穿不住。春風一陣陣吹拂過城頭，如親切的友人似的在撫摸他的面頰和頭髮。

但又有一個王都統上了城頭，說道：「且出到城外閒看。」

他們都下了城，迤邐的走出城外。

「揚州或別的地方有復札來了麼？」丞相問道。

「不曾聽見說有，」王都統說道，但神氣有些詭祕。

良久，沒有什麼話，天祥正待轉身，王都統突然的說道：「揚州捉住了一個奸細，他說是逃脫回來的人，供得丞相不好。他在北中聽見，有一丞相，差往真州揮城。李公有急帖來，這樣說。」

如一個青天的霹靂，當頭打得天祥悶絕無言。杜滸、金應立刻跳了起來：「這造謠的惡徒！」幾乎要捉住王都統出氣。

余元慶嘆惋道：「總不外乎北人的反間計。」

來不及聽天祥的仔細的問，陸和王已經很快的進了城。小西門也很快的閉上了。被關在城外，徬徨無措，不知道怎麼辦好。天祥只是仰天嘆息，說不出半句話來。

金應對天哀叫道：「難道會有人相信丞相是給北人用的麼？」

杜滸的精悍的臉上，因悲憤而變蒼白無人色，他一句話都沒有，也無暇去安慰丞相。他不知道自己置身在什麼地方，他不曾有過比這更可痛的傷心與絕望。這打擊實在太大了。

他們是十二個。徬徨，徘徊於真州城下，不能進，也不能退。比陷在北虜裡更可慘。如今他們是被擯絕於國人！「連北虜都敬仰丞相的忠義，難道淮人偏不信他嗎！」金應頓足道。

余元慶的永久緊蹙著的眉頭，幾條肉紋更深刻的凹入。杜滸如狂人似的，咬得牙齒殺啦殺啦的響。他來回的亂走著，完全失了常態。

「我不難以一死自明，」丞相夢囈似的自語道。

杜湋不說半句話，兩眼發直。

突然的，他直奔到城濠邊，縱身往濠水裡便跳。

金應們飛奔的趕去救。余元慶拉住了他的衣角，及時的阻止了他的自殺。

他只是喘著氣，不說什麼。大家忘記了一切，只是圍住了他，嘈雜的安慰著。過了一會，他哇的一聲，大哭起來。極端的悲憤，摧心裂肝的傷戚的傾吐！

誰都勸不了他。金應也嗚咽的坐在地上，這是他少有的態度。文丞相掛著兩行清淚，緊握住杜架閣的手，相對號啕。

荒原上的哭聲，壯士們的啜泣，死以上的痛心！這人間，彷彿便成了絕望的黑暗的地獄，太陽光也變得昏黃而悽慘。

城頭上半個人影也沒有出現。

過度的打擊與傷心——有比被懷疑、被擯棄於國人的烈士們更可痛心的事麼？——使得他們搖動了自信，灰心於前途的恢復的運命。

頹喪與自傷，代替了悲憤與忠勇。他們甚至懷疑到中國人有無復興的能力。懷疑與猜忌，難道竟已成了他們不可救藥的根性了麼？

敵人們便利用了這，而實行分化與逐個擊破的不戰而勝的政策。

良久，良久，究竟是文丞相素有涵養，首先掙扎著鎮定了下來。「我不難一死以自明，」他又自語道。「但難道竟這樣的犧牲了麼？不，不！這打擊雖重，我還經得起，杜架閣，」他對杜滸道。「我們應該自振！危急的國家在呼喚我們！這打擊不能使我們完全灰了心！我們該憐恤他們的無知與愚昧！但該切齒的還是敵人們的奸狡的反間！我們該和真正的敵人們拚！一天有生命在著，一天便去拚！我們不是還健全無恙麼！來，杜架閣，不必再傷心了。敵人們逼迫得愈緊，我們的勇氣應該愈大！諸位，都來，我們且商量個辦法，不要徒自頹唐喪志。」天祥恢復了勇氣，這樣侃侃的說。

杜滸還是垂頭懊喪著；但那一場痛哭，也半洩去了他的滿腔的怨憤。

「只是，這一場傷心事！太可怕了！我寧願被擄，被殺於敵人們手裡，卻不願為國人所擯棄，所懷疑！」杜滸嘆息道。

「我們準備著要遇到更艱苦的什麼呢。這場打擊，雖使我太傷心，但不能使我絕望不前！」天祥道。

他的鎮定與自信，給予杜滸們以更掙扎著向前的最後的勇氣。

秦庭痛哭血成川，翻訝中原背可鞭。

南北共知忠義苦，平生只少兩淮緣！

十五

在悲憤忙亂間，不覺到了晌午。他們還沒有想到向那裡去。

太陽光逐漸的強烈起來，晒得他們有些發燥。一片的荒原，沒有一株綠樹。從早食後，還不曾吃過什麼。個個人腹裡的飢蟲開始有些蠢動，可是連熱水都無從得到。

「取最近的一條路，還是向揚州去吧？李庭芝是認識的，見了面，剖析明白，也許誤會便可銷息。」天祥道。

「揚州是萬不可去。說不定，不分皂白的便被當作了奸細，」杜滸說道，他的心還在作痛，怨恨淮將們入骨！

金應餓得有些發慘，他早上吃得太少，急於要隨同出來看城子。「就是到揚州去罷。」他道，「死在自己人手裡，總比死在韃子刀下好些。徘徊在這曠原上，總不是一回事。」

「揚州萬不可去，」杜滸堅決的說道。

徘徊，徬徨；逐漸向東倒的人影映在荒原上，也顯得躊躇倉皇的樣子。

小西門開了。金應喜得跳起來，還以為是再迎他們入城。但杜滸卻在準備著最後的一著，以為有什麼不測。

兩個騎士從城裡跑了出來，城門隨又閉上了。這兩騎士到了文丞相面前，並不下馬，說是義兵頭目張路分和徐路分，奉命來送，「看相公去那裡？」

天祥道：「沒有辦法，只好去揚州，見李相公。」

張路分道：「奉苗安撫命，說相公不可到揚州去。還是向他處去好。」

「淮西為絕境，三面是敵。且夏老未見過面；只好聽命於天，向揚州去。」天祥道。

二路分道：「走著再說。」

茫然的跟隨了他們走。城門又開了，有五十人腰劍負弓，來隨二路分。他們帶了天祥們的衣被包袱來送。行色稍稍的壯旺。但那二路分意似不可測。

余元慶悄悄的向杜滸道：「這一帶的路徑我還熟悉，剛才走的是向淮西的路，不是到揚州去。且站住了問問看。」

二路分卻也便站住了。真州城還蜿蜒的在望。城裡的塔，浴在午後的太陽光裡，也還挺麗可愛。但天祥的心緒和來時卻截然的不同，還帶著沉重的被擯斥的悲憤。

那五十名兵擁圍住了天祥。二路分請天祥，說是有事商量，請前走幾步。杜滸、金應緊跟在天祥身旁，恐有什麼不測。

走了幾步，他們立在路旁談。

張路分道：「苗安撫是很傾心於相公的；但李相公卻信了逃人的話，遣人要安撫殺了丞相。安撫不忍加害，所以差我們來送行。現在到底向那裡去呢？」

天祥道：「只是向揚州，也沒有別的地方可去。」

「揚州要殺丞相怎樣辦呢？且莫送入虎口。」

「不，莫管我，且聽命由天。」

「但安撫是要我們送丞相到淮西。」

「不，只要見李相公一面。他要信我，還可出兵，以圖恢復；如不信我，便由揚州向通州路，道海向永嘉去。」

張路分道：「不如且在近便山寨裡少避。李相公是決然不會容丞相的。」

「做什麼！合煞活則活，死則死，決於揚州城下！」

張路分道：「安撫已經預備好一隻船在岸下。丞相且從江行。揚州不必去。歸南歸北都可以。」

李路分只是不開口，惡狠狠的手執著劍靶，目注在文丞相身上，彷彿便要拔劍出鞘。金應也在準備著什麼。

但天祥好像茫然不覺的；聽了張路分的話，卻大驚。

「這是什麼話！難道苗太守也疑心我！且任天祥死於揚州城下，絕不往他處！」

二路分見天祥那末樣的堅定與忠貞，漸漸的變了態度。李路分道：「說了實話吧；安撫也在疑丞相；他實是差我們見機行事的。但我們見丞相一個恁麼人，口口是大忠臣，如何敢殺相公！既是真個去揚州，我們便送去。」

金應對杜滸吐了吐舌頭，但他們相信，危險已過，便無戒備的向前走去。他們走上向揚州的大道。

張路分又和丞相說起，丞相走後，真州貼出了安民榜，說是，文相公已從小西門外，押出州界去訖。

天祥聽了這話，只有仰天浩嘆，心肚裡分別不出是苦、辣、酸、甜。

天色漸漸黑了下來。暮靄朦朧的籠罩了四野。四無居民，偶遇有破瓦頹垣，焦枯的柱子還矗立在磚牆裡，表現出兵火的餘威。

他們肚子裡餓得只咕咕的響叫，金應實在忍不住了，便向小兵們求分他們攜來的乾糧。

二路分索性命令他們，把乾糧分些給杜滸們同吃；也把他們自己所帶的，獻上一份給文丞相。

隨走隨食，不敢停留一刻。張路分道：「經過的都是北境；韃子兵的哨騎，常在這一帶巡邏，得小心戒備。」誰都寂寂的不敢說話。

遠遠的所在，燈火如星光似的一粒粒的現出。張路分指點道：「這一邊是瓜州，韃子兵大營盤在那裡呢。」走了一會，又道：「那邊的一帶燈火，便是揚子橋，韃子兵也防守得很嚴。」

彷彿聽得刁鬥的聲音。在荒野莽原聽來，一聲聲遠遠的梆子響，特別淒厲得可怕。

到了二更，離揚州還有二十多里路。二路分卻要趕在天明以前回真州城，便告了辭。

他們仍是十二個，在曠野中躑躅著。夜已深，無垠的星空，大圜帳似的罩在大地之上。他們是那樣的渺小，在這孤寂的天與地間行走著。

余元慶在前引著路。他久住在揚州，附近一帶的道路，比他本鄉的真州還要熟悉。

一天的行路，疲倦得要軟癱下來。好容易見到揚州城。兩足是拖著走似的，到了西門。城門早已閉上了，等候天明進城的人很多，狼籍的枕臥在地上。左近有三十郎廟，經過兵火，只存牆階，他們都入廟，躺在地上憩息著。

城頭上正打三更。風漸漸的大起來，冷得發抖。金應從衣包裹取出棉衣來給文丞相披上。新月早已西下，階上有冷溼的霜或露。金應們淒淒楚楚的互相依靠著取暖。

他們悄寂的各在默想什麼，並不交談。

不知時間是怎樣爬過，城頭上又已在打四更。城下候門的人們已有蠢蠢的起身的。城頭上也有人在問話，盤詰得極嚴。杜滸且去雜在他們中間。據說，見得眼生和口聲不對的，便當奸細捉了。必須說出城裡的住址與姓名來，方得入城。

他回到三十郎廟，對文丞相道：「看情形，揚州是進不去，何必入虎口呢！兩淮軍決無可作為！李庭芝既有急帖到真州要殺丞相，必無好意可知。即使無恙，說服了他，也絕不會有什麼了不得的作為的，絕對的犯不著犧牲於此。」

天祥的心有點開始動搖。「那末，怎麼辦好呢？」

「還是趁早的直趨高郵，到通州渡海，歸江南。看二主，別求報國之道。」

金應道：「這裡到通州，有五六百里路呢；一路上都是北軍的哨騎，怎麼通得過呢？不如死在揚州城下，也勝似死在韃子手裡，何況未必見殺呢！」

杜滸道：「你不要忘記了我們是剛從韃子們掌握中逃脫出來的，在那末嚴重的守衛之下，我們都能脫出，何況如今呢！雖為路五六百里，決無他慮，只要小心。」

余元慶深思的說道：「此地到高郵，有一條僻徑，我是認得的。不過要走過許多亂山小路，韃子們不會知道這些小山路的，想不會遇哨。」

杜滸道：「況且我們脫出時，原不曾想在兩淮立足，本意不是要南趨永嘉，以圖大計麼？何必又中途變計！丞相以一身繫國家安危，必須自重，萬不可錯走一步。還有，我們的兵士們也還在婺、處等候著我們呢！」

天祥立刻從地上跳了起來：「不錯，我見不及此！幾乎又走錯了一步。那李庭芝，膽小如鼠，絕不能有為，我是知道他的；就是肯合作，也不會成功。我們走罷！向海走去！我們的兵士們在等候著！」

本是疲倦極了的，如今卻又要重上征途了。為了有了新的希望，精神重複抖擻著，離開揚州城，斜欹的走去。

十六

整整的走了一天，都是羊腸鳥道，有時簡直沒有路跡可循。那一帶沒有山居的人，也沒有茅舍小廟，有銀子買不到東西充飢，大家餓了一天。金應那小夥子，飢餓得要叫喚起來，但忍住了千萬的怨恨，不說什麼。

天祥走得喘不過氣來，扶在余元慶的身上，勉強的前進。有幾次，實在走不動，便像倒了似的，坐在荒草上，一時起不來。休息了好一會，方才再得移動。

到了一個山谷裡。夜色不知什麼時候已經爬在天上，鐮刀似的新月纖秀的掛在東方。

「過了這山谷，便近高郵了，是一條大道。只怕山頂上有哨兵。我們得特別小心。別開口，足步走得輕些，最好躲在岩邊樹隙裡走。」余元慶悄聲的說道。

「前面是桂公塘，有個土圍，我認得。原是一個大牛欄，如今欄內大約不會有牛匹了。到那裡憩息一夜，養好了足力，絕早便走。除此可隱蔽的以外，四望都是空曠之所，萬不能住下。有幾戶山民，不知還住在屋裡否？但我們萬不可去叩門，韃子兵也許會隱藏在那裡。」余元慶又道，在這條路上，他是一個嚮導，一個統帥，他的話幾乎便是命令。

他們暫時占領了這土圍。金應們不一會便都睡著了；只有天祥和杜滸是警醒著。風露漸涼起來，只有加厚衣在身，緊緊的裹住。夜天的星光，彼此在熠熠的守望著，正像他們的不睡。

新月已經西沉，烏雲又已被風所驅走。繁星的夜天，依然是說不出的淒美動人。文丞相和杜滸都仰頭向天，好久好久的不言不動。

彷彿已經過了三更天的光景。山道上，遠遠的傳來嘈嘈雜雜的馬蹄聲。

杜滸警覺的站了起來：「不是馬蹄聲麼？」

「這時候難道有哨騎出來？」

「不止數十百騎，那聲響是嘈雜而宏大。」

余元慶也被驚醒過來。「是什麼聲響？」

「決然是馬隊走過。馬蹄踏在山道上的聲響。彷彿更近了些。但願不經過這土圍！」

余元慶淒然的說道：「只有這一條大道！」

杜滸有些心肺蕩動，「這一次是要遭到最後的劫運了！」他自己想道。

騎兵隊愈走愈近。宏大而急速的馬的蹄聲，聽得很清晰。金應們也都醒了來，面面相覷，個個人都驚嚇得沒有人色。

上下排的牙齒，似在相戰；膝頭蓋也有些軟癱而抖動。只有天祥和杜滸還鎮定。天祥又探握著他的小匕首，預備在袖口裡。

馬蹄聲近了，更近了；嘶嘶叱叱的馬匹的噴氣聲也聽得到。馬上的騎士們的偶發的簡語，也明晰可聞。大家都站了起來，以背負土牆而立，彷彿想要鑽陷入牆裡一樣。

就在土牆外面走過。一騎，二騎……數十數百騎，陸續的過去。彷彿就在面前經過，只隔了一座牆。土牆有些震撼，足下的地，也似應和著外面的馬蹄的踐踏而響動著。

總有兩刻鐘還沒有走完。

難堪的恐怖的時間！

「這土圍裡是什麼呢？」明白的聽見一個騎兵在說。

「下馬去探探看罷！」另一個說。

「這一次是完結了！」杜滸絕望的在心底叫道，全身血液似都冷結住了。

「沒有什麼，臭得很，快過去罷，左右不過是馬欄、牛欄。」又一個說。馬蹄得得，很快的過去了。

總有三千騎走過。騎兵們腰上掛的箭筒，喀嗦喀嗦的作響；連這也曆落的傳入土圍之內的他們的耳中。

當最後的一騎走過了時，人人都自賀更生。

馬蹄聲又漸遠漸逝了，山間寂寂如恆。

不知從那裡，隨風透過來一聲雞啼。

天色有些泛白，星光黯淡了下來。彼此的手臉有些辨得出。

「趁這五更天，我們走罷。」余元慶道。

有的人腿足還是軟軟的。

闖過了山口，幸沒遇見哨兵。

山底下是一片大平原，稻田裡剛插下秧苗，新碧得可愛。

太陽從東方升起。和藹的金光正迎面射在他們的身上臉上。有一股新的活力輸入肢體。

山背後還是黝黑的，但前面是一片的金光。

英雄未肯死前休，風起雲飛不自由！
殺我混同江外去，豈無曹翰守幽州！

——文天祥：〈紀事〉

黃公俊之最後

最痛有人甘婢僕，可憐無界別華彝！
世上事情如轉燭，人間哀樂苦迴輪。
周公王莽誰真假？彭祖顏回等渺茫。
凡物有生皆有滅，此身非幻亦非真。
綱常萬古惡作劇，霹靂青天笑煞人。

——黃公俊作

一

鐵柵的疏影，被夕陽的餘光倒映在地上，好像畫在地上的金紅色的格子。是柵中人在一天中所見的唯一的紅光。

江南地方，五六月的天氣，終月泛著潮。當足踏在這五尺見方的鐵柵的地上時，溼膩膩的怪不舒服。

靠牆邊，立著一隻矮的木床，只是以幾塊木板，兩條板凳架立了起來的。為了地上潮膩，黃公俊只好終日的拳坐在板床上，雙足踏在板沿，便不由得不習慣他的成了抱膝的姿態。

門外衛士們沉默的站著崗，肩抗著鐵槍，槍環鏗鏗的在作響。間或飄進來一兩聲重濁的湖南的鄉音，聽來覺得怪親切的。

僅在夕陽快要沉落在西方的時候，鐵柵裡，方才有些生氣。這時柵中反比白晝明亮。他間或把那雙放在床腳的厚草薦下的古舊而汚損的鞋子取了出來，套在無襪的光腳上，在地上鬆動鬆動。為了久坐，腰有點痠。伸直了全身，在踱方步，像被檻閉在籠中的獅或虎，微仰著頭顱，挺著胸脯，來回的走著，極快的便轉過身，為的只是五尺見方的一個狹的柵。外面衛士們的刀環槍環在鏗鏗的作響。

這是他從小便習慣了的。他祖父，他父親都在飯後便到廳前廊下散步。東行到廊的盡處，再回頭向西走。刻板似的，飯後必定得走三十多趟。

「會消食的，有益於身體。」祖代，父代，這樣懸訓的說。

他十歲的時候，便也開始刻板的在練習踱方步。自西向東走，再自東向西走；微仰著頭顱，挺著胸脯。有時，祖孫三代，兵士們似的，一排在同走。父親總讓祖父在前一二步。他年幼，足步短，天然的便急走也要落後些。

每一塊磚紋都記認得出，每一磚接縫的地方的式樣也都熟識。廊上樑間的燕巢和不時的探頭出窺的黃口的小燕，也都刻板似的按時出現。

他們默默不響的在踱著方步，一前一後的，祖孫三代。

廊下天井裡種的兩株梧桐樹，花開，子結，葉落，也刻板似的按時序變換著。春天到了，一株海棠，怒紅了臉似的，滿掛著紅豔的花朵，映照得人添喜色。天井的東北方，年年是二十多盆菊花的排置的所在。中央是一個大缸，黃釉凸花的，已不知有多少年代了，顯得有點古銅色，年年有圓的荷葉和紅的荷花向上滋長。

泥地上，年年是灑下了鳳仙花的細子；不知什麼時候，便長出了紅的白的鳳仙。女人們吵吵嚷嚷的在爭採那花朵，搗爛了染指甲。

刻板似的生活，不變，不動。閉了目便可想像得到那一切事物的順序和地位。有了「小大人」之稱的他，隨了祖與父在廊下，在飯後，終年，終月的在踱方步。

機械式的散步，是唯一的使他殺滅了奔馳的幻想的時間。「小大人」的他，在書塾，或在臥室，那可怖的幻想，永遠的滅不去。只有散步時，方把那永遠追隨著他的那陰影暫時的放逐開。

那可怖的陰影是使他想起了便憤怒而焦思的。

他的家庭是一個小田主的家庭，原來只是流犯，為了幾代的克勤克儉，由長工而爬上了田主的地位。在祖父的幼年，便開始讀了書。但八股文的那塊敲門磚，永遠不能使他敲得開仕宦之門。

三十歲上便灰了心。有薄田可耕，不用愁到溫飽的問題。他便任意的在博覽雜書。

他在這裡是一個孤姓獨戶，全部黃姓的嫡系，不上二十多人。什麼時候才犯罪而被流放在這卑溼的長沙的呢？

這他不明了。但在他父親斷氣的前一刻，卻遺留給他一個嚴包密裹的布袱。打開了看時，他才明白他祖先的痛苦的以血書寫的歷史。

這黃姓，是因了一次的反抗清廷的變亂，在臺灣被捕獲而流放到這湖南省會的。不知被任意的屠戮了多少人，但這黃姓的祖，卻巧於為他自己辯護，說是脅從，方才減輕其罪，流放於此。

好幾代的自安於愚昧與苦作。

但黃公俊的祖父，他開始讀了書。像一般讀書人似的，他按部就班的要將八股型的才學，「貨與帝王家」。

灰了心，受了父死的刺激，又不意的讀到了血寫的家庭的歷史，把他整個的換成了另一個人。

他甘心守家園，做一個不被捲入罪惡窩的隱逸之士。

他見到兒子的出生、長成、結婚、生子，他見到他孫子的出生、長成。

他給他們以教育。但不讓他們去提考籃，趕歲考，說是年紀太輕。但夠了年齡的時候，又說，讀書不成器，要使他們改行。其實，只是消極的反抗。

他把那血寫的家庭的歷史，交給了他兒子，當他懂得人事的時候，同樣的也交給了他孫子。

祖孫三代這樣的相守著，不求聞達，只是做著小田主。並沒有什麼雄心大志，只是以消極的憎惡，來表示他們的復仇。

明末的許多痛史，在其中，有許多成了禁書的，這黃姓的三代，蒐羅得不少，成了一個小小的史籍的文庫。

當深夜，在紅暈的豆油燈下，翻閱著《揚州十日記》、《嘉定屠城記》那一類的可怖而刺激的記事，他們的心是怦怦的鼓跳著。

感情每被挑撥了起來，紅了臉，握拳擊桌。但四周圍是重重疊疊的酣睡的人們。只是嘆了口氣便了。但更堅定了他們不去提考籃的心。

而長沙城駐防的旗軍的跋扈與過分優裕的生活，更把那鐵般的事實，被壓迫的實況，表現得十足，永遠在提醒他們那祖先的喋血的被屠殺的經過。

強悍的長沙少年們，時被旗軍侮辱著，打一掌，或踢一足；經過旗營時的無端被孩子們的辱罵與拋磚石，更是常事。

憤火也中燒著；但傳統的統治的權威抑止了他們的反抗。

「媽的！」少年們罵著，握緊了拳頭，但望瞭望四周圍，他們不得不放下了拳，頹喪的走了開去。

在這樣的空氣裡，黃公俊早熟的長大了，受到了過分的可怖的刺激。

幢幢的被屠殺的陰靈們，彷彿不絕的往來於他夢境中。有時被魘似的做著自己也在被屠之列而掙扎不脫的噩夢，而大叫的驚醒。

他覺得自己有些易感與脆弱，但祖先的強悍的反抗的精神還堅固的遺傳著。

他身體並不健好，常是三災兩病的。矮矮的身材，瘦削的肩，細小的頭顱。但遺傳的反抗的精神，給予他以一種堅定而強固的意志與熱烈而不涸的熱情。微仰著的頭顱，挺出的胸脯，炯炯有神的眼光，足夠表現出他是一個有志的少年。

但四周圍，重重疊疊的是沉酣的昏睡的空氣。除了潔身自好的，以不入罪惡圈，不提考籃，作為消極的反抗的表示外，一切是像抱著微溫的火種的灰堆，難能燃起熊熊的火。

僅在幻夢裡，間或做著興復故國的夢。

但那故國實在是太渺茫了，太遼遠了；二百年前的古舊的江山，只剩下模糊的輪廓。

天下滔滔，有無可與語的沉痛！

「等候」變成了頹唐與灰心。

他們，祖與孫的三代，是「等候」得太久了。

二

灰堆裡的火種終於熊熊的燃起光芒萬丈的紅焰。

這紅焰從廣西金田的一個荒僻的所在沖射到天空，像煙火似的幻化成千千萬萬的光彩，四面的亂灑。

這星星之火，蔓延成了數千萬頃的大森林的火災。這火災由金田四向的蔓延出來，蔓延到湖南。

興復故國的呼號已不是幻夢而是真實的狂叫的口號了。

忠直而樸實，重厚而勇敢，固執而堅貞的湖南人，也已有些聽到了這呼號，被他們所感化，而起來與之相呼應的了。

蠢蠢欲動，彷彿有什麼大變亂要來。

長沙，那繁華的省會，是風聲鶴唳，一日數驚。

說是奸細，一天總有幾個少年被綁去斬首。

惶惶的，左右鄰都像被烤在急火上的螞蟻似的，不曉得怎麼辦好。

「只是聽天由命罷了。」老太太們合掌的嘆息道。

周秀才，黃家的對鄰，整日的皺緊了眉頭，不言不語，彷彿有什麼心事。

曾鄉紳的家裡，進進出出，不停的人來人往。所來的都是赫赫有名的紳士們，還有幾個省當局，像藩臬諸司。最後，連巡撫大人他自己也來了。

空氣很嚴肅，並不怎麼熱鬧，也沒有官場酬酢的尋常排場。默默的，賓主連當差們，都一臉的素色。

彷彿有什麼大事要發生。

黃公俊的家，便在曾鄉紳的同巷。為了他祖父曾經青過一衿，他父子又是讀書的，故也被列入「紳」的一群裡。

但他的心卻煮沸著完全不同的意識與慾望。

他是天天盼望著這大火立刻延燒到整個中國的；至少，得先把這罪惡的長沙毀滅個乾淨，以血和刀來洗清它。

曾國藩，原來也只是農人的兒子，卻讀了幾句書，巴結上了「皇上」，出賣了自己，接連的，中省試，中會試，點了翰林，不多幾年，便儼然的擠入了縉紳大夫之林。

一身的道學氣，方巾氣，學做謹慎小心的樣子：拜了僑仁做老師，更顯得自己是道統表上的候補的一員了。

「天下太平，該為皇家出點力，才不辜負歷聖的深恩厚澤！」這是老掛在嘴上的勸告年青人的話。

「只要讀八股文，這敲門磚只要一拿到手，敲開了門，那你便可以展布你的經綸了。不是我多話，俊哥，看在多年的鄉鄰面上，我勸你得赴考，得多練字，得多讀名家闈墨。明知八股文無用，但為了自己的前程，卻不能不先搞通了它，你那位老伯，說句不客氣的話，也實在太執拗了，自己終身不考，也不叫你去考，這成話麼？我們讀書的人，都得為皇家出力，庶能顯親揚名，有聞於後世。」

黃公俊默默不言，也不便駁他，實在有點怕和他相見。他擺足了紳士的前輩的架子，和前幾年穿著破藍衫，提著舊考籃的狼狽樣兒迥乎不同。

在那出入於曾府的紳士的群裡，黃公俊是久已不去參加的了，除非有不得不到的酬酢。

而於這危機四伏、天天討論機密大事的當兒，黃公俊是擠不進其中的。但他卻愛探知那民族英雄，恐怖的中心，洪秀全的消息。他是那樣的熱心，幾乎每逢曾府客散，便跑到那裡去找曾九、國荃——國藩的弟，向他打聽什麼。

「有消息麼？」

曾九皺著眉，漫長的吁了一口氣，說道：「還會有什麼好消息！不快到衡陽了麼？我們是做定犧牲者了。」

「聽說是『仁義之師』呢！」公俊試探的不經意的問。

曾九嚇了一跳，「這是叛逆的話呢，俊哥，虧得是我聽見。快別再聽市井無賴們的瞎扯了。一群流寇，真的，一群流寇。聽說他們專和讀書人作對呢，到一處，殺一處，秀才、紳士，說是什麼漢奸，還燒燬了孔廟。未有的大劫運，大劫運！我們至少得替皇上出力，替讀書人爭面子，替聖人保全萬古不滅的綱常與聖教！」他說得有點激昂。

公俊笑了笑，不說什麼。沉默了一會。

「未必是讀書人都殺吧？」

「不，都殺！都殺！可怕極了！有幾畝田的，也都被當做土豪、地主、鄉紳，拿去斫了。可怕！你不是認識劉紀剛麼？他在瀏陽便被洪賊捉去，抽筋剝皮呢！哀號的乾叫了幾天才斷氣！可怕極了！他的田都被分給窮人了，都分了。這是他逃出的一個侄兒親眼看見的。他對我說，還流著淚，千真萬確！得救救我們自己！」

公俊皺皺眉。

「是窮人們翻身報怨的時候了！我們至少得救救自己。」曾九說，他把坐椅移近了些，放低了聲音，「大哥和羅澤南們正預備招練鄉兵抗賊呢。俊哥呀，這消息很祕密，不是自己人絕不告訴你。但你也得盡點力呢，這是我們自己的事，保護自己的產業！」

「…………」

「而且，你不知道麼？那洪賊，到一處，掘一處的墓，燒一處的宗祠，搗毀一處的廟宇。他們拜邪教呢⋯⋯什麼天父天兄的，詭異百出，誘惑良民，男女不分，倫常掃地。對於這種逆賊叛徒，千古未有的窮凶極惡，集張角、黃巢、李闖、張獻忠於一身的，我們讀書人，還不該為皇上出點力麼？」

公俊心裡想⋯⋯「還不是為了自己的功名財產打算！」但覺得無話可說，便站起身來。

「改日再談。」

「得盡點力，俊哥，是我們獻身皇家的最好機會呢。」曾九送他到門外，這樣的叮囑。

他點點頭。

三

有點兒懊喪。這打著民族復興的大旗的義師，果真是這樣的殘暴無人理麼？真的專和讀書人作對麼？

說是崇拜天主，那也沒有什麼。毀燒廟宇，打倒佛道，原也未可厚非。要僅是崇信邪教的草寇，怕不能那麼快的便得到天下的響應，便吸收得住人心罷。

民族復興的運動的主持者，必定會和平常的流寇規模不同的。

難得其真相。

紳士們的口，是一味兒的傳布著恐怖與侮蔑之辭。

黃公俊彷彿聽到一位紳士在玩味著洪秀全檄文裡的數語：「夫天下者，中國之天下，非滿洲之天下也。……故胡虜之世仇，在所必報，共奮義怒，殲此醜夷，恢復舊疆，不留餘孽。是則天理之公，好惡之正。」還搖頭擺腦的說他頗合於古文義法。

他覺得這便是一道光明，他所久待的光明。寫了這樣堂堂正正的檄文，絕不會是什麼草寇。

紳士們的奔走、呼號、要求編練鄉勇，以抵抗這民族復興的運動，其實，打開天窗說亮話，只是要保護他們那一階級的自身的利益而已。

他也想大聲疾呼的勸鄉民不要上紳士的當，自己人去打自己人。

他想站立在通衢口上，叫道：「他們是仁義之師呢，不必恐慌。紳士們在欺騙你們，要你們去死，去為了保護他們的利益而死。犯不上！更不該的是，反替我們的壓迫者，我們的世仇去作戰？諸位難道竟不知道我們這二百年來所受的是什麼樣子的痛苦！那旗營，擺在這裡，便是一個顯例。諸位都是身經的……難道……」手搖揮著，幾成了真實的在演說的姿勢。

但他不能對一個人說；空自鬱悶、興奮、疑慮、沸騰著熱血。渴想做點什麼，但他和洪軍之間，找不到一點聯絡的線索。

後街上住的陳麻皮，那無賴，向來公俊頗賞識其豪爽的，突然的不見了。紛紛藉藉的傳說，說是他已投向洪軍了，要做嚮導。

接連的，賣肉的王屠、挑水的胡阿二，也都失蹤了。凡是市井上的潑皮們，頗有肅清之概。

據說，官廳也正貼出煌煌的告示在捕捉他們。東門裡的曹狗子不知的被縣衙門的隸役捉去，打得好苦，還上了夾棍，也招不出什麼來。但第二天清早，便糊裡糊塗的綁出去殺了。西門的伍二、劉七也都同樣的做了犧牲者。

雖沒有嫌疑，而平日和官衙裡結上了些冤仇的，都有危險。聰明點的都躲藏了起來。

公俊左鄰的王老頭兒，是賣豆腐漿的，他有個兒子，阿虎，也是地方上著名的潑皮，這幾天藏著不出去。但老在不平的罵。

「他媽的！有我們窮人翻身的時候！」他捏緊了拳頭，在擊桌。公俊恰恰踱進了他的門限，王老頭兒的兒子阿虎連忙縮住了口，站起來招呼，彷彿當他是另一種人，那紳士的一行列裡的人。

他預警著有什麼危險和不幸。

但公俊客氣的和他點頭，隨坐了下來。

「虎哥，有什麼消息？」

阿虎有點心慌，連忙道：「我不知道，老沒有出過門。」

「如果來了，不是和老百姓們有些好處麼？」

「…………」阿虎慌得漲紅了臉。

「對過燒餅鋪的顧子龍，不是去投了他們麼？還有陳麻皮。聽說去的人不少呢。」

「我……不知……道，黃先生！老沒有出門。」聲音有點發抖。

公俊懇摯的說道：「我不是來向你探聽什麼的，我不是他們那一批紳士中的一個。我是同情於這個殺韃子的運動的，我們是等候得那麼久了……那麼久了！」頭微向上仰，在幻夢似的近於獨語，眼睛裡有點淚珠在轉動。

阿虎覺得有點詫異，細細的在打量他。

瘦削的身材，矮矮的個子，炯炯有神的雙眼，臉上是一副那末堅定的、赴義的、懇摯的表情。

做了十多年的鄰里，他沒有明白過這位讀書人。他總以為讀書人，田主，總不會和他們粗人是一類。為什麼他突然的也說起那種話來呢？

「沒有一個人可告訴，鬱悶得太久了……祖父，父親……他們只要在世看見，聽到這興復祖國的呼號呀……該多麼高興！阿虎哥，不要見外，我也不怕你，我知道你是說一是一的好漢子。我們是一道的，唉，阿虎哥。那一批紳士們，吃得胖胖的，出賣了自己的靈魂和民族的利益，豬狗般的匍伏在韃子們的面前，過一天是一天的，……但太久了，太久了，過的是二百多年了！還不該翻個身！」

於是他憤憤的第一次把他的心敞開給別人看，第一次把他的家庭的血寫的歷史說給別人聽，他還描狀著明季的那可怕的殘殺的痛苦。

阿虎不曾聽見過這些話。他是一個有血氣的少年，正和其他無數的長沙的少年們一樣，他是嫉視著那些駐防的韃子兵的；他被勞苦的生活所壓迫，連從容吐一口氣的工夫都沒有。他父親一年到頭的忙著，天沒有亮就起來，挑了擔，到豆腐店裡，批了豆腐漿去轉賣。長街短巷，喚破了喉嚨，只夠兩口子的溫飽。阿虎，雖是獨子，卻很早的便不能不謀自立。空有一身的膂力，其初是做挑水夫，間也做轎伕，替紳士們作馬牛，在街上飛快的跑。為了他脾氣壞，不大遜順，連這工作都不長久。沒有一個紳士的家，願意雇他的。只好流落了，什麼短工都做。有一頓沒一頓的。沒了時，只好向他年老的父親家裡去坐吃。父親嘆了一口氣，沒說什麼。母親整日的放長了臉，尖了嘴。阿虎什麼都明白，但是為了飢餓，沒法。他憋著一肚子的怨氣。難道窮人們便永遠沒有翻身的時候了？他也在等候著，為了自己的切身的衣食問題。

一把野火從金田燒了起來。說是殺韃子，又說是殺貪官污吏，殺紳士。這對了阿虎的勁兒，他喜歡得跳了起來。

「也有我們窮人翻身的時候了！」

他第一便想搶曾鄉紳的家，那暴發的紳士，假仁假義的，好不可惡！韃子營也該踏個平。十次抬轎經過，總有九次被辱，被罵。有一次抬著新娘的轎，旗籍浪子們包圍了來，非要他們把轎子放下，讓他們掀開密包的轎簾，看看新嫁娘的模樣兒不可。

阿虎的血往上沖，便想發作。但四個轎伕，除了他，誰肯吃眼前虧。便只好把怨氣往回咽去下。他氣得一天不曾吃飯。

報怨的時候終於到了！該把他們踏個平！窮人們該翻個身！

他只是模模糊糊的認得這革命運動的意義，他並不明白什麼過去的事。只知道：這是切身的問題，對於自己有利益的。這已足夠鼓動他的勇氣了。

太平軍，這三字對他有點親切。該放下了一切，去投向他們。陳麻皮們已在蠢蠢欲動了。

還有什麼可牽掛的？父母年紀已老，但誰也管不了誰，他們自己會掙吃的。他去了，反少了一口吃閒飯的。光棍的一身，鄉里所嫉視的潑皮，還不掙點面子給他們看看！

他想來，這冒險的從軍是值得做的。這是他，他們，報怨，翻身的最好的機會。

他彷彿記得小時候聽人說過什麼，「將相本無種，男兒當自強」的話，他很受感動。

他下了個決心，便去找陳麻皮。麻皮家裡已有些不伶不俐的少年們在那裡，竊竊紛紛的在議論著。

「正想找你去呢，你來得剛巧！」麻皮道。

「麻皮哥，該做點事才對呢，外頭風聲緊啦。」阿虎道。

麻皮笑了，俯在他的耳旁，低低的說道：「阿虎哥，有我呢。洪王那邊已經派人來了。大軍不日就到，要我們做內應。不過，要小心，別漏出風聲，聽說防得很嚴緊。」

阿虎走出麻皮的門時，一身的輕鬆，飄飄的像生了雙翼，飛在雲中，走路有點浮。過分的興奮與快樂。

但不知怎樣的，第二天，這消息便被洩漏了。麻皮逃得不知去向，他的屋也被封了。捉了幾個人，都殺了。

聯絡線完全的斷絕，阿虎不敢走出家門一步。

天天在鬱悶和危險中過生活，想逃，卻沒有路費。

黃公俊的不意的降臨，卻開發了他一條生路。聽見了許多未之前聞的故事和見解，更堅定了他跟從太平軍的決心。他從不曾想到，讀書人之間，也會對於這叛亂同情的。

「但，黃先生，不瞞您老說，我也是向著那邊的。太平王有過人來說，……不是您老，我肯供出這殺頭的事麼？……可惜，這消息不知被那個天殺的去通知衙門裡人。陳麻皮逃了，不知去向。……現在只好躲在家裡等死！」說著，有點闇然。

「怕什麼，阿虎哥！要走，還不容易。明天，我也要走，雇了你們抬轎，不是一同出了城麼？」

阿虎又看見前面的一道光明。

四

闖出了鬼魅橫行的長沙城。黃公俊和他的從者王阿虎，都感到痛快、高興。打發了別一個轎伕回城之後（阿虎假裝腿痛，說走不了；轎子另雇一個人抬進去的），他們站在城外的土山上。

茫茫的荒郊，亂塚不平的突起於地面。野草已顯得有點焦黃色，遠樹如哨兵般的零落的站著。

遠遠的長沙城，長蛇似的被籠罩在將午的太陽光中。城中的高塔，孤寂的聳在天空。幾縷白雲，懶懶的馳過塔尖旁。

靜寂、荒涼、嚴肅。

公俊半晌不語，頭微側著，若有所思。

「黃先生，到底向那裡走呢？」

公俊從默思裡醒過來。

茫茫的荒原，他們向那裡去呢？長沙城是闖出來了，但要向南去麼？迎著太平軍的來路而去麼？還是等候在這裡？

「但你和他們別了的時候，有沒有通知你接頭的地方，阿虎哥？」

若從夢中醒來，阿虎失聲說：「該死，該死，我簡直鬧得昏了！」用拳敲打自己的頭，「麻皮說過的，城裡是他家，現在自然是被破獲了，沒法想；城外，說是周家店，找周老三，那胖胖的老闆。」

「得先去找他才有辦法。」

周家店在南門外三里的一個鎮上，是向南去的過往必由之路，他們便向南門走。

幾隻燕子斜飛的掠過他們的頭上，太陽光暖洋洋的晒著，已沒有盛夏的威力了。

過了一道河。河水被太陽射得金光閃爍，若千萬金色的魚鱗在閃動。

遠遠的河面上，有帆影出現，但像剪貼在天邊的藍紙上似的，不動一步，潔白巧致得可愛。

陳麻皮恰在這店裡。他見阿虎導了一位穿長衫的人來，嚇得一跳。

「你該認得我，陳哥。」公俊笑著說。

「阿呀，我說是誰呢？是黃先生！快請進來，快請進來！您老怎樣會和阿虎哥走在一道了？」

公俊笑了笑。「如今是走在一道了。」

麻皮，那好漢，有點惶惑。他是尊重公俊的，看他沒有一點讀書人的架子，能夠了解粗人窮人的心情，也輕財好施。但他以為，讀書人總歸是走在他們自己那條道上的，和自己是不同的，永不曾想到他是會在這一邊的。而且，太平軍的來人，吳子揮，也再三的對他說道：「凡讀書人都是妖，他們都是在滿妖的一邊的，得仔細的提防著。」他在城裡時，打聽得曾氏正在招練鄉勇，預備和太平軍打，這更堅了「凡讀書人都是妖」的信念。

難道黃公俊是和阿虎偶然的同道走著的麼？他到這裡來有什麼事？阿虎也太粗心，怎麼把他引上門來？

但阿虎朗朗的說道：「麻皮哥，快活，快活！黃先生與我們是一道兒了！」

麻皮還有些糊塗。

「不用疑心。我明白你們都當我是外人，但我能夠剖出心來給你們看，我是在太平軍的一邊的！」

於是他便滔滔的說著自己的故事和意念，麻皮且聽且點頭。

他喜歡得跳了起來，忘了形，雙手握著公俊的瘦小的手，搖撼著，叫道：「我的爺，這真是想不到的！唉！早不說個明白！要是您老早點和我們說個明白，城裡的事也不會糟到這樣。如今是城裡的人個個都奔散了，一時集不攏，還有給妖賊斫了的。」

「讀書人也不見得便都賣身給妖，聽說，太平軍見了讀書人便殺，有這事麼？」

「沒有的話！不過太平王見得讀書人靠不住，吩咐多多提防著罷了。」

「掘墓燒祠堂的事呢？」

「那也是說謊。燒廟打佛像是有的，太平王是天的兒子呢。他信的是天父、天兄，我們也信的是。不該拜泥菩薩。您老沒看見太平王的檄文吧。」他便趕快的到了後房，取了一張告諭出來。

「喏，喏，這便是太平王的詔告，上面都寫的有，我也不大懂。」

公俊明白這是勸人來歸的詔告，寫得異常的沉痛，切實，感人。讀到：「慨自明季凌夷，滿虜肆逆，乘釁竊入中國，盜竊神器，而當時官兵人民未能共奮義勇，驅逐出境，掃清羶穢，反致低首下心，為其臣僕，」覺得句句都是他所要說的。「遂亦竊據我土地，毀亂我冠裳，改易我制服，敗壞我倫常；削髮剃鬚，污我堯、舜、禹、湯之貌，賣官鬻爵，屈我伊、周、孔、孟之徒。」這幾句，更打動了他的心。

他的懷疑整個的冰釋，那批紳士們所流布的恐怖和侮蔑是無根的，是卑鄙得可憐的。

還不該去做太平軍的一個馬前走卒，伸一伸久鬱的悶氣麼？他們是正合於他理想的一個革命。

雖然天父、天兄，講道理、說教義的那一套，顯得火辣辣的和他的習慣相去太遠。但他相信，那是小節道。他也並不是什麼頑固的孔教徒，這犧牲是並不大。民族革命的過度的刺激和興奮使他喪失了所有的故我。

「呵，夢境的實現，江山的恢復，漢代衣冠的復見！」公俊頭顱微仰著天，自語的說道。

「太平王的詔論，不說得很明白麼，您老？」麻皮擔心的問。

「感動極了！讀了這而不動心的，『非人也！』」

「城裡也散發了不少呢！不知別的鄉紳老爺們有看見的沒有？」

「怎麼沒有，我還聽見他們在吟誦著呢。不過，說實話，我們該做點事。聽說曾鄉紳在招收鄉勇，編練民團呢。說是抵抗太平軍。得想法子叫老百姓們別上當才好。」

「我也聽得這風聲了，」麻皮道。「有法子叫老百姓們不去沒有？」

「這只有兩個法子，第一，是太平軍急速的開來，給他個不及準備；第二，是向老百姓們鼓動，拒絕加進去，要他們投太平軍。」

「但太平軍還遠得很呢，」麻皮低聲道，「大軍集合在南路的有好幾十萬，一時恐怕來不了。」

「那末，老百姓們怎麼樣呢？」

麻皮嘆了口氣，「只顧眼前，他們只要保得自家生命財產平安。說練團保鄉，他們是踴躍的；說投太平軍，他們便說是造反要滅族，便不高興幹。」

公俊闇然的，無話可說。

「也不是沒有對他們說太平軍的好處，妖軍的作惡害人。他們只是懶得動彈。並且，妖探到處都是。一不小心，就會被逮了去。曹狗子、劉七、伍二都是派出去說給老百姓們聽的，話還不曾說得明白，就被逮了去斫了。」

公俊住在湖南好幾代了，自己的氣質也有點湖南化，他最明白湖南人。

湖南人是勇敢的，固執的。他們不動的時候，是如泰山般的穩固，春日西湖般的平靜，一旦被觸怒了時，便要像海嘯似的，波翻浪湧，一動而不可止。他們是守舊的，又是最維新的，是頑固的，又是最前進的；有了信仰的時候，就死抱住了信仰不放。

他們是最勇敢的先鋒，也是最好的信徒，最忠實的跟從者。但被欺騙了去時，像曾氏用甘言蜜語，保護桑梓，反抗掘墓燒廟的一套話，去欺騙他們的時候，他們卻也會真心的相信那一套話，而甘願為其利用。

而那批鄉紳們，為了傳統的勢力，在鄉村裡是具有很大的號召力和誘惑力的。難保忠厚、固執、短見、勇敢的農民們不被他們拉了去，利用了去。

可憂慮之點便在此。

公俊看出了前途的黯淡。

難道真的再要演一套吳三桂式的自己兄弟們打自己兄弟們的把戲，而給敵人們以坐收漁翁之利的機會麼？

把農民們爭取過來。但這是可能的麼？

他們的力量是這麼薄弱。

「還是設法到太平軍裡去報告這事罷。」

公俊點點頭，不語。

五

太平軍給黃公俊以很好的印象，同時也給他以很大的刺激。像久處在暗室的人，突然的見到了盛夏正午的太陽光，有些頭眩腦暈，反而一時看不見一物。

滿目的金光，滿目的錦綉，滿目的和妖軍完全不同的裝束，這是嶄新的氣象與人物！

天王的朝會的演講與禱告，給公俊以極大的感動。他不是一個任何宗教的信徒，他具有中國讀書人所特有的鄙夷宗教的氣味兒。和尚們、道士們都只是吃飯的名目，以宗教的名色來混飯、來做買賣的。但他第一次見到有真正的宗教熱忱的集會了，被感動得張口結舌，說不出話來。

他才開始明白：為什麼這僻遠的金田村的一位教主，能夠招致了那末多的信徒，成就了不很小的事業的原因。這絕不是偶然的僥倖。

他全心全意的，以滿腔的熱誠，參加於這個民族復興的運動。以他的忠懇與堅定的認識，以他的耐勞與熱烈的情感，不久便博得天王、翼王們的信任。

但湖南南部的戰爭總是持久下去，長沙城成了可望不可及的目標。

太平軍不久便放棄了占領湖南的計劃，越過了長沙城而一舉攻下了武昌。

這震撼了整個國！民眾們如水的赴壑似的來歸降，聲勢一天盛似一天。

太平軍浩浩蕩蕩的由水陸而東下，占領了安慶、江蘇、浙江、福建。南京成為太平天國的都城。

而同時，曾國藩、羅澤南輩編練鄉勇的計劃卻也成了功。

如黃公俊之所慮的，忠厚、勇敢的湖南人果然被許多好聽而有誘惑性的名辭，鼓動了他們的熱情。

曾國藩輩初以保鄉守土為名，而得到了擁護與成功，便更熾盛了他們的功名心，要想出鄉「討賊」。鄉勇們不意的得到了過度的榮譽與鼓勵，便也覺得抵抗太平軍乃是他們的建立功名的機會，乃是他們的唯一的事業。

一批一批的無辜的清白的農民們便這樣的被送出三湘而成就他們自己打自己的兄

弟們的功業。

太平軍遇到了這麼強悍而新興的生力軍是絕對沒有料到的事。滿洲兵和一般妖軍都是那麼樣脆薄，一擊便粉碎。這時卻碰到最強固的「敵人」了——而這「敵人」其實卻是兄弟。

武昌被奪去，安慶被奪去了之後，天王召開了一次會議，專門討論湘軍的問題。黃公俊為了是湘人，熟悉湘事，也被召參加。

這時候，太平軍吸引了過多的複雜的分子，初出發時的人物，不是陣亡，便成了名王大將，安富尊榮；而新加入的，沒有主義，沒有認識，只是為了功名富貴，強盜、土棍，乃至妖軍裡的腐敗分子和貪污的官吏們也都成了太平軍中的主要的一部分人物，銳氣和聲譽在大減。

黃公俊看出了這腐化的傾向，很痛心，然而這是不可抗的趨勢。宗教的熱忱也漸減，每天的朝會，只是敷衍的情態，他沒有法子進言。

外面的局勢是一天天的壞，生龍活虎般的湘軍是逐步的捲逼了來。

怎樣對付湘軍的問題，成了太平天國的焦慮的中心。

無結果，無辦法的討論，儘管延長下去。

「和湘軍之間，有沒有妥協的可能呢？」翼王道。

「怕不會有的罷？這戰爭成了湘軍們的光榮與誇傲之資。要不狠狠的給他們以打擊，是不會有結果的。」北王道。

「但生力軍是從三湘的農民們之間不斷的輸送出來的呢。幫妖軍來和我軍作戰，成了他們的唯一的事業，近來並且還成了妖軍的主力了呢。曾氏是那樣的把握著湘軍的全權，有舉足輕重之勢。」天王蹙額的說道。

「曾氏成了湘人信仰的中心，有辦法使他放棄了幫妖的策劃而和我軍聯盟麼？——至少是不立在對抗的地位。」翼王道。

北王的眼光掃射過會堂一週。

「我們這裡湘人也不少呢，有法子找到聯絡的線索沒有？」他說。

翼王把眼光停在黃公俊的身上。

「至少這自己兄弟們之間的殘殺，必得立刻停止。」

停了一會，他又道：「必得立刻停止，無論用什麼條件。」

大眾都點頭。

「誰去向曾氏致和議的條件呢？」北王道。

翼王的眼光，又停在黃公俊的身上。

公俊也明白，除了他，也沒有第二人可去。但這使命實在太艱鉅了，他知道絕不會有什麼結果。湘人是那樣的固執而頑強，絕對不能突然轉變過來的。為了整個民族的前途，他卻不怕冒任何的艱苦和犧牲，明知是死路一條，卻總比停著不走好。

「我，為了天王和天國的前途，願意冒這趟險。我最痛心的是自己兄弟們幫助了敵人在和自己的兄弟們戰鬥、相斫！曾氏乃是舊鄰里，他的脾氣，我知道的，不易說動。姑且以性命作為孤注去試試。萬一能夠用熱情來感化他呢？……不過條件是怎樣？」

這又是一個困難的焦點。

經了許久的討論，結果是，只要停止了自己兄弟們之間的戰爭，什麼條件都可以承認，甚至曾軍可以獨立，占據幾省，不受天國的管束，不信天教。但必須不打自己人，不幫助妖軍。天國的一方面，還可以盡力的接濟他。只要同盟並諒解便足夠了。先打倒了滿妖，其餘的帳，盡有日子清算。

公俊便帶了這寬大的條件而去。

那一天，灰色的重霧瀰漫了天空，慘白、厭悶、無聊、不快，太陽光被遮罩得半線不見。

渡過了長江，方才有一絲的晴意。

六

曾軍的大營在安慶。經了幾場的艱苦的爭鬥之後，如今，他的基礎是穩固了。就地徵取的賦稅以及新興的釐金之外，從湖北方面、北京方面都可以有充分的接濟。在安慶爭奪戰時代所感到的危機，早已過去。

他，曾國藩，正進一步的在策劃怎樣的進窺金陵，那太平天國的天京，太平軍的堅固的堡壘。他要把這不世的功業擁抱在自己的懷中。曾九，他的兄弟，是統率著最強悍的一支湘軍的。其他的領袖們也都是鄉里同窗和相得的鄉紳們。接連的幾次想不到的大勝利，更堅定了他的自信和對於功名的熱心。他彷彿已經見到最後大勝利的金光是照射在他的一邊。

太平軍的將官們，信仰不堅的，歸降於他的不少。他很明白太平軍的弱點和軍心的渙散。

為了要使功業逃不出曾氏的和湘人的門外，他便敞開著大營的門，招致一切的才士和文人，特別是三湘子弟們。

黃公俊的突然來臨，最使他愕怪，驚喜。關於公俊的逃出長沙，跟從太平軍，他是早已知道的，那流言曾傳遍了長沙城。曾九最明白公俊的性情，他知道公俊的心，自己覺得有點慚愧，但紳士的自尊心抑止了他的向慕。

「有那一天公俊會翻然歸來才好。」曾九留戀的說。

「想不到他竟從了賊。不可救藥！」國藩惋惜的說。

但在他們的心底，都有些細小的自愧的汗珠兒滲出。

而這時，公俊卻終於來了。

他究竟為什麼來呢？有何使命呢？將怎樣的接待他才好呢？他是否還是屬於太平軍的一邊呢？

國藩和他的幕客們躊躇竊議了很久，方才命人請他進來。

曾九這時不在大營，他在前方指揮作戰。

公俊來到了大營。氣象的嚴肅，和長沙城的曾府是大為不同。曾國藩，習慣於戎旅的生活，把握慣了發號施令的兵權，雖然面目是較前黧黑些，身體也較癯，但神采卻凜凜若不可犯，迥非那一團的和藹可親的鄉紳的態度了。

許多幕客們圍坐在兩旁，也有幾個認識的鄉紳在內。無數的刀出鞘，劍隨身的弁目，緊跟在國藩的左右。

「黃公，你也到我這裡來了？哈，哈，」還是他習慣的那一套虛偽的官場的笑。「請坐，請坐，」他站了起來讓坐。「有何見教呢？聽說是久在賊中，必定有重要的獻策罷。」

公俊心裡很難過。他後悔他的來。曾氏是永不會回頭的，看那樣子。良心已腐爛了的，任怎樣也是不會被勸說的。

但他橫了心，抱了犧牲的決心，昂昂然的並不客氣的便坐上了客座。用銳利的眼轉了一周。

「說話不用顧忌什麼吧？曾老先生？」

國藩立刻明白了，他是那麼聰銳的人，「那末，到小客廳裡細談吧。」他隨即站了起來，讓公俊先走。

只留下幾個重要的最親信的幕客們在旁。

「我是奉了天王的使命來的！」公俊站了起來虔心的說。

國藩的臉變了色。

「大夫無私交，何況賊使！要不看在鄉里的面上，立刻便綁了出去。來！送客！第二次來，必殺無赦！」

冷若冰霜的，像在下軍令。

公俊笑了，說道：「難道不能允許我把使命說完了麼？這是兩利的事。我們豈是敵國！」

國藩躊躇著。和坐在他最近的幕客，左宗棠，竊竊的談了一會。回了座，便不再下逐客令。

臉上仍是嚴冷的可以刮下一層霜來。

「可不許說出不敬的話來！這裡也無外人，儘管細談。你老哥想不到還在那裡為賊作倀！」

「賊！曾老先生，這話錯了！堂堂正正的王師呢。天王是那樣的勤政愛民！」

「別說這些混帳話！有什麼使命，且爽快的說吧。」

公俊又站了起來，虔敬的說道：「天王命令我到這裡來傳達：我們同是中國人，雖然信仰不同，但不該這樣的互相殘殺，徒然為妖所笑。彼此之間的戰爭，應該立刻停止！自己兄弟們之間的無謂的殘殺是最可痛心，最可恥的！」

於是公俊便接著把停戰的條件提了出來。最後說：

「這不過天王方面的希望，天王並無成見。曾老先生有無條件，儘管提出，以便轉達，無不可商者，只要停止這場自己兄弟之間的殘殺！」

這一場激昂而沉痛的話，悲切而近理的講和，以公俊的熱情而真誠的口調說出，國藩他自己也有些感動。

他曳長了臉，默默的不言。心裡受了這不意的打擊，滾油似的在沸、在滾、在翻騰、在起伏。他久已只認清了一條路走，乃是保村，結果卻成就了意外的功名。他別無他腸，唯一的希望是以自己的力撲滅太平軍，成就了自己的不世的功業。對於這，他綽有把握和成算在胸。

而這時，卻有一個機會給他檢閱反省他自己的行為。

長時間的沉默。終於下了決心的說：

「不可能的！勢不可止！我和賊之間，沒有什麼可以諒解的，更說不到同盟。」

「…………」

「食君之祿，忠君之事。萬難中途停止討賊，否則，將何以對我皇上付託之重？」

「啊，啊，曾老先生，既說到這裡，要請恕我直言。你還做著忠君的迷夢麼？誰是你的君？你的君是誰？請你仔細想想看？」

國藩連忙喝道：「閉口，不許說這混帳話！否則，要下逐客令了！」

「這裡是私談，大約不至於被洩漏的吧？無須乎顧忌和恐慌。說實在話，曾老先生，我們做了二百多年的臣僕，還不足夠麼？為主為奴，決在你老先生今日的意向！你難道不明白我們漢族所受到的是怎樣不平等，不自由的待遇麼？你老先生在北廷已久，當詳知其裡面的情形。不打倒了胡虜，我們有生存的餘地麼？」他動了感情，淚花在眼上滾，忍不住的便流到臉上來。「你老先生該為二十多省的被壓迫的同胞著想，該為無數萬萬被殘殺的死去的祖先報仇！你老先生實在再不該昧了天良去幫妖去殺我們自己的同胞，自己的兄弟們！」說到這裡，他哀哀的大哭起來。

充滿了淒涼的空氣。沉默無語。

「而且，飛鳥盡，良弓藏，狡兎死，走狗烹，漢臣在虜朝建功立業的結果是怎樣的？吳三桂、施琅、年羹堯……饒你恭順萬分，也還要皮裡尋出骨頭來。虜是可靠的麼？」

「…………」

「說是忠君，但忠雖是至高之品德，也須因人而施。忠於世仇，忠於胡虜，這能算是忠麼？只是做走狗、做漢奸罷了。遺臭萬年，還叫做什麼忠！王彥章忠於賊溫，苟攸忠於賊操。這是忠麼？誰認他們為忠的？該知道戲裡的人物吧，秦檜是忠於金兀朮而在賣國的，王欽若是忠於遼蕭後而欲除去楊家父子的。洪承疇為虜人的謀主而定下取中國的大計。他們也可算是忠臣麼?為賊寇，為胡虜，為世仇而盡力，而殘殺自己的同胞，反其名曰忠君！唉唉，我，要為忠的這一個不祥的字痛哭！何去何從，為主為奴，該決於今日！天王為了民族復興的前途，是抱著十二分的熱忱，希望和曾老先生合作，以肅清胡虜的，在任何的條件底下合作！」公俊說得很激昂，雙目露出未之前見的精光，略帶蒼白的瘦頰上，漲了紅潮。

國藩在深思，心裡亂得像在打鼓，一時回不出話來。

難堪的沉默，但只是極快的一瞬刻。

狂風在刮，屋頂像在撼動。窗扇和戶口，在嘭嘭的響。窗外的梧桐樹的大葉像在低昂得很厲害。

有什麼大變動要發生。

濃雲如墨汁般的潑倒在藍天上，逐漸的罩滿了整個天空。風颳得更大；黃豆似的雨點開始落了下來，打得屋頂簌簌的作響。

在極快的一瞬間，國藩便已打定了主意。他未嘗不明白公俊的意思。但他怎樣能轉變呢？他所用以鼓勵人心，把握軍權的，是忠君，是殺賊；他所用作宣傳的，是太平軍的橫暴，殘殺和棄絕綱常，崇信邪教。假如他一旦突然的轉變過去而和太平軍握手，不會把他的立場整個喪失了麼？他的軍心不會動搖麼？他的跟從者不會渙散去麼？最重要的是他的軍權，他的信仰，不會立刻被劫奪麼？他將從九天之上跌落到九淵之下。何況，一部分的經濟權也還被把握在滿廷手上。李鴻章所統率的淮軍，聲勢也還盛。他能夠放棄了將成的勳業而冒滅族殺身的危險麼？不！不！他絕對不能把將到口的肥肉放了下去。

他立即恢復了決心和威嚴，一聲斷喝道：

「快閉嘴，你這叛徒！這裡是什麼地方，容你來搖嘴弄舌！本帥雖素以寬大為懷，卻容不得你這逆賊！來！」

外面立刻進來了八個弁目，雄糾糾的筆直的站在那裡等待命令。

「把這逆賊綁去斫了！」

兩個弁目便向公俊走來。公俊面不改色的站了起來。

「雖是賊使，不便斬他。斬了便沒人傳信了。且饒他這一次吧！」左宗棠求情的說道。

國藩厲聲道：「死罪雖免，活罪難饒。打三百軍棍，逐出！再看見他出現在這大營左近，立殺無赦！」

公俊微笑的被領出去，回頭望著國藩道：「且等著看你這大漢奸的下場！」

國藩裝作沒聽見。

七

太平軍的軍勢，江河日下的衰頹下來。北王被殺，翼王則西走入川，只有東南的半壁江山，勉強的掙扎著。南京的圍，急切不能解。江蘇、浙江各地的戰爭也都居於不是有利的地位。上海那個小城，為歐洲人貿易之中心的，竟屢攻不下。

黃公俊感到異常灰心、失望。難道轟轟烈烈的民族復興運動便這樣的消沉、破滅、分崩下去麼？

為什麼天王起來得那麼快，而正在發展的頂點，卻反而又很快的表現衰征呢？

這很明白：太平軍的興起，不單是一種民族復興運動，且也是一種經濟鬥爭的運動。他們的最早的藉以號召的檄文，便是這樣的高叫道：

「天下貪官，甚於強盜，衙門酷吏，無異虎狼。即以錢糧一事而論，近加數倍。」

在農民們忍受著高壓力而無可逃避的時候，這樣的口號是最足以驅他們走上革命之路的。歷來的革命或起義，多半是從吃大戶，求免稅開始的。太平軍以這樣的聲勢崛起於金田之後，沿途收集著無量數的逃租避稅的良民和妒視大姓富戶的各地方的潑皮們。軍勢自然是一天天浩大。但當戰爭日久，領兵者都成了腸肥腦滿的富翁的時候，又為了軍需，而不得不橫徵暴斂的時候，當許多新的大姓富戶出現於各地，擇人以噬的時候，農民們卻不得不移其愛戴之心而表示出厭惡與反抗了。

公俊徹底了解這種情形，但他有什麼方法去挽回這頹運呢？他的最早的同伴們，王阿虎早已陣亡了，陳麻皮、胡阿二輩都成了高級軍官，養尊處優，儼然是新興的富豪，而凶暴則有過於從前的鄉紳和貪官酷吏。

公俊有什麼辦法去拯救他們呢？「滔滔者天下皆是也！」即使說服了一二人乃至數十百人，有救於大局麼？

他失意的只在嘆氣。幾次的想決然捨去，作著「披髮入山，不問世事」的消極的自私的夢。

但不忍便把這半途而廢，前功全棄的革命運動拋在腦後。他覺得自己不該那麼自私。雖看出了命運的巨爪已經向他們伸出最後的把捉的姿勢，卻還不能不作最後的掙扎。

最有希望而握著實權的忠王李秀成，是比較可靠的。他還不曾染上太平軍將士們的一般惡習。他也和公俊一樣，已看出了這頹運的將監，這全局的不可倖免的崩潰，但為了良心和責任的驅使，卻也不得不勉力和運命在作戰。

公俊在朝中設法被遣調出去，加入忠王的幕中。忠王很信任他。

而不久，一個更大的打擊來了；這決定太平軍的最後的命運。

由了李鴻章的策動，清廷想利用英國的軍官編練新式的洋槍隊來平亂。

這消息給太平軍以極大的衝動。

「該和妖軍爭這強有力的外援才對。」一個兩個的幕客，都這樣的向忠王獻計。

「且許他們以什麼優越的條件吧。他們之意在通商，我們如果答應了開闢若干渡口為商埠以及其他條件，他們必將舍妖而就我的。何況北方正在構釁呢！他們絕不會甘心給妖利用的。」

忠王躊躇得很久，他和公俊在詳細的策劃著。

「一時固然可以成立一部有力的勁旅，且還可以充分的得到英、法新式槍彈的接濟，但流弊是極多的，不可不防。」公俊說道。

「我也防到這一點。洋將是驕橫之極的，他們無惡不作；且還每每對我軍的行動橫加干涉，使人不能忍受。法將白齊文的反覆與驕縱，我軍已是深受其害的了，」忠王道。

「所以，這生力軍如果不善用之，恐怕還要貽禍於無窮。」

「如果利用了他們，即使成了功，還不是前門驅虎，後門進狼麼？而通商和種種優越的條件——不知他們將開列出多少的苛刻的條件來呢？——的承認，也明白的等於賣國。我們正攻擊滿妖的出賣民族利益，我們還該去仿效他麼？」

「只要站在公平的貿易和正式的雇兵的編制條件上，這事未始是不可考慮的。」

「但這是可能的麼？昨日有密探來報告：滿妖已經允許了洋教官以許多優待的條件；他們可以獨立成為一軍，不受任何上級主帥的指揮，他們是只聽洋教官的命令與指揮的。」

「這當然是不可容忍的，不是破壞了軍令的統一麼？而況還有通商等等的政治的條件附帶著！」

「恐怕這其間必有其他作用。密探報告說：洋教官的接受清妖的聘任，是曾經得到其本國政府的允許的。」

「必有什麼陰謀在裡面！」公俊叫道。

忠王道：「所以，我們不能出賣民族的利益，以博得一時的勝利。這事且擱下吧。好在他們的力量也還不大，不過幾營人。即使戰鬥力不壞，也成不了什麼大事。」

但這裡議論未定的時候，那邊已在開始編練常勝軍了。這常勝軍不久便顯出很高的效力來。在英人戈登將軍的指揮之下，他們解了上海之圍。隨即攻破了蘇州，使太平軍受到了極大的損失。

想不到，這常勝軍會給他們以那麼大的威脅。舊式的刀槍遇到了從歐洲輸入的火器，只好喪氣的被壓伏。

幾次的大敗，太平軍在江南的聲威掃地以盡。軍心更為動搖。南京的圍困更無法可解。

天王的噩耗突然的傳來，傳說是服毒而死。

快逼近了黃昏的頹景，到處是灰暗、淒涼。

無可挽回的頹運。

公俊彷彿看見了運命的巨爪在向他伸出；那可怕的鐵的巨爪，近了，更近了；就要向下攫去什麼。

八

有最後的一線希望麼？向誰屈服呢？在倒下去之前，他們還能掙扎一下麼？還能鼓動一番風波麼？

什麼都可放棄，犧牲，只要這民族是能夠自由，解放，不必成功於他們自己之手。

公俊把這意見和忠王說了。忠王正在徘徊、遲疑、灰心的時候，也覺得可以犧牲自己的一切而換得民族的自由。這原是他們的革命運動的最初和最終的目的；而永遠阻隔在這運動的前途的，卻是自己的兄弟們。

公俊有一著最後的棋子，久久握在手裡，不肯放下去。死或活，便在這一著棋子上。

攻打太平軍和圍困南京城的主力，都是湘軍。而湘軍的主帥雖是曾國藩，其實權卻全握在曾國荃——曾九的手上。

曾九和公俊有過相當的友誼，他知道公俊在太平軍裡，曾設法了好幾次要招致他來歸。那一次，公俊在安慶的遊說，給他事後知道了，還頗懊悔不曾留下公俊來。

這是一個絕著。忠王極祕密的給公俊以全權，命他到曾九的大營裡去，致太平軍全軍願與他合作的消息，但只有一個條件：離開了滿妖，自己組織漢族的朝廷。假如這條件能夠成立，南京立刻便可以讓渡給曾家軍。

公俊又冒險而入曾九的營幕。

他的來臨，使曾九過度的喜悅。他還不脫老友似的親切態度。

「俊哥，你來得好。這幾年來，想念得我好苦！我知道你在賊中一定不會得意的。這賊便將滅了；滅在我們湘人之手！俊哥，你想得到這麼？你來到這裡，把性命看得太兒戲了。好在誰都還不知道。要給大哥曉得，便糟了。但一切都有我，我可以庇護你。我擔保你的安全。只要你，肯將賊中真相說出，我還可以設法保舉你。我們是老友，什麼話不能談！你看我變了麼？沒有！還不脫書生本色呢。」曾九這樣滔滔的說著，不免有點自負，顯然是對故人誇耀他自己。

公俊是冷淡而悲切的坐在那裡，頹唐而淒楚，遠沒有少年時代的奮發的態度。所能看出他未泯的雄心的，只有炯炯有光的尖利的雙眼。

他淒然的嘆道：「我是來歸了！」

曾九喜歡得跳起來，笑道：「哈，哈，俊哥，都在我身上，保你沒事，還有官做！」

「但來歸的還不止是我一人呢。」

曾九有些惶惑，減少了剛才的高興。

「我是奉了忠王的命，來接洽彼此合作的事的；南京城可以立即讓渡給你，……」

這不意的福音，使曾九又熾起了狂欣；他熱烈的執了公俊的雙手，說道：「俊哥，你畢竟不凡，立下了這不世的大功！都在我身上！功名富貴！大大的一個官！少屠戮了千千萬萬的無辜的軍民，這功德是夠大的了！俊哥，你這話不假麼？」

公俊冷冷的說道：「不假，不假！」

曾九大喜道：「來，俊哥，該痛喝幾杯，我們細談這事。」

「但還不是喝賀酒的時候呢。」

曾九為之一怔。

「這合作是有條件的，這條件很簡單，說難，不難；說易，卻也不易。全在你老哥的身上。」

「…………」

「條件是：我們只願與我們自己的兄弟們合作，卻絕不歸降虜廷！」

「這話怎麼講的？」曾九陷入泥潭裡了。

「這很明白：我們並不欲放棄了民族復興的運動。我們仍然是反抗虜廷到底；不過，我們卻可以無條件的與湘軍合作。……不過……」

「…………」曾九回答不出什麼，但他知道，這必有下文。

「不過，曾家軍得脫離了滿廷！」

如一聲霹靂似的，震得曾九身搖頭昏。他有點受不住！

「這是……怎麼……說的！俊……哥！」

「這就是說，由湘軍和我們合作起來，來繼續這未竟的民族革命的工作。我們知道，力量是足夠的。我們願為馬前的走卒，放棄了自己的一切，只求中國能夠自由、解放！」

曾九抱了頭，好久不說話。他如墜入深淵。這不意的打擊太大了，他有點經不住！

「要我們叛國，要我們犯大逆不道之罪！好不狠毒的反間計！要不是你，第二個人要敢說這話，立刻綁去殺了！」他良久，勉強集中了勇氣說道。

公俊懇摯的說道：「九哥，我們是一片的血忱，決無絲毫的嫁禍之心，更說不上什麼反間計。正為了中國的自由、解放，我們才肯放棄了一切，我們不願意看見自己兄弟們之間的殘殺。我們可以拋開一切的主張，乃至信仰，但有一個最後的立場：寧給家人，不給敵人！和家人，什麼都可以妥協、磋商，放棄；但對於世仇，卻是要搏擊到底的！唉！……可惜這幾年來，相與周旋著的卻只是家人，而不是敵虜！九哥，這夠多麼痛心的！九哥，為了中國，為了為奴為僕的祖先們，為了千千萬萬人的自由、解放，為了我們子孫們的生存，九哥，我懇求你接受了我們的條件。我們是在等待著你的合作，只要你一決定下來！九哥，我為了中國，為了蒼生，在這裡向你下跪了！」

說著，便離座，直僵僵的跪在曾九面前，不止的磕頭，懇求著，淚流滿面，語聲是嗚咽模糊。

曾九也感得淒然，雙手挽了公俊立起。「快不要這樣了，使我難受！且緩緩的談著罷。」

「只是一個決定，便可以救出千千萬萬人，便可以立下大功大業；否則，不僅對不起祖先們，也將對不住子孫們呢。」

「且緩幾時再談這事吧。俊哥，你也夠辛苦的了，就在我的內書房裡靜養幾天吧。」

便把公俊讓到內書房裡，請一個幕客在陪伴他，其實是軟禁，不讓他出入，或通消息。裡裡外外都是監視的人。

曾九也不是不曾想到這偉大的勳業。但他是騎在老虎背上，急切的下不來。也和國藩所想的一樣，他們如果一旦轉變了，他們便將立即喪失了所有的一切。他們很明白：所以能夠鼓動軍心，所以能夠支持這局面的真實原因之所在。曾九還有些銳氣，不能下人。已是沸沸騰騰的蜚語流言。國藩是持之以極其謹慎小心的態度的。虜廷並不是呆子，也已四面布好了棋子。說的是湘軍無敵，其實，力量也並不怎麼特別強。淮軍、滿軍，以及常勝軍是環伺於其左右。一旦有事，勝算是很難操在手裡的。何況湘軍，那子弟兵，也不一定便絕對的聽從曾氏兄弟的命令。那裡面，派別和小組的勢力，是堅固的支配著。曾氏兄弟是很明瞭這裡面的實情的。

飽於世故的人肯放下了到口的食物而去企求不可必得的渺茫的事業麼？當然是不幹的！

那良心，一瞬間的曾被轉動，立刻便又為利害之念所罩遮。

為了故友的情感，還想勸說公俊放棄他的主張，但公俊的心卻是鋼鐵般的不可撼動。

九

壓不住眾口，公俊要求合作的一席說，便被紛紛藉藉的作為流言而傳說著，夾雜著許多妒忌的蜚語。

國藩聽到了這事，立刻派人來提走公俊，曾九輾轉的兒次的要設法庇護他，但關係太大了，為了自己的利害，只好犧牲掉故友。

公俊便被囚在國藩的監獄裡。究竟為了鄉誼，他是比其他囚人受著優待的。他住在一間單獨的囚室，雖然潮溼不堪，卻還有木床。護守著的兵士們，都是湖南口音的，喉音怪重濁的，卻也怪親切。他們都不難為他，都敬重他，不時仍投射他以同情的眼光，雖然不敢和他交談。

內外消息間隔，太平軍如今是怎樣的情形，公俊一毫不知，但他相信那運命的巨爪，必已最後的攫捉下去。

被囚的人是一天天的多，盡有熟識的面孔，點點頭便被驅押過去。

公俊反倒沒有什麼顧慮，斷定了不可救藥的痛心與失望之後，他倒坦然了，坐待自己的最後的運命。

國藩老不敢提他出來，公開的鞫問，怕他當大眾面前說出什麼不遜的話來，只是把他囚禁在那裡。

公俊一天天的在那狹小的鐵柵裡，度著無聊而灰心的生活。當夕陽的光，射在鐵柵上的時候，他間或拖上了僅存的那汚破的鞋子，在五尺的狹籠間來回的踱著方步，微仰著頭顱，挺著胸脯，像被閉在籠中的獅虎。

外面的衛士們幽靈似的在植立著，不說一句話。

刀環及槍環在鏗鏗的作響。

間或遠遠的飄進了一聲兩聲喉音重濁的湖南人的鄉談，覺得怪親切的。

坐在木床上，閉了目，彷彿便看見那故居廊下的海棠，梧桐和荷花。盆菊該有了蓓蕾。荷是將殘了，圓葉顯著焦黃殘破。階下的鳳仙花，正在采子的時候。

一縷的鄉愁，無端的飄過心頭，有點溫馨和淒楚的交雜的情味兒。

閉了眼，鎮攝著精神，突聽見有許多人走來的足步聲。

一群的雄武的弁兵，擁著一個高級將官走來。

「俊哥，」這熟悉的聲音在耳邊叫著。

他張開了眼，站在他面前的是曾九！

「好不容易再見到你，俊哥，我雖在軍前，沒有一刻忘記了你。我寫了多少信，流著淚，在寫著，懇求大哥保全著你。」說著，有點淒楚，「好！現在是大事全定了，你可以保全了，只不過……」底下的話再也說不出來。

公俊的雙眼是那樣的炯炯可畏，足以鎮攝住他，不讓說下去。

「怎樣？局面平定？」如已判了死刑的囚犯聽見宣布行刑日期似的，並不過度的驚惶，臉色卻變得慘白。

曾九有些不忍，但點點頭。

「究竟是怎樣的？」

「南京攻下了，李秀成也已為我軍所捕得。大事全定。俊哥，我勸你死了心吧，跟從了我們……」

公俊凝定著眼珠，空無所見的望著對牆，不知自己置於何所，飄飄浮浮的，渾身有點涼冷。

流不出痛心的淚來。

「還是早點給我一個結局吧，看在老友的面上。我懇求你，這心底的痛楚我受不了！」

曾九避了臉不敢看他，眼中也有了淚光，預備好了的千言萬語，帶來的赦免的喜悅，全都在無形中喪失掉。

他呆呆的站在那裡。

「給我一個結局吧，無論用什麼都可以！我受不住，我立刻便要毀去自己！」

良久，曾九勉強的說道：「俊哥，別這麼著！我帶來的是赦免，並不是判決！」

公俊搖搖頭。「只求一死！」

「等幾時餘賊平了時，你可以自由，愛到那裡便可上那裡去。故宅也仍在那裡，你家人也都還平安。」

「不，不，只求一死！個人的自由算得了什麼，當整個民族的自由，已為不肖的子孫們所出賣的時候！」

怕再有什麼不遜的難聽的話說出來，曾九站不住，便轉身走了。

「俊哥，請你再想想，不必這麼堅執！」

「不，只求一死！快給我一個結局，我感謝你不盡！」

那一群人遠遠的走了。公俊倒在床上，自己支持不住，便哀痛的大哭起來。

夕陽的最後的一縷光芒，微弱的照射在鐵柵上，畫在地上的格子，是那末灰淡。

鐵柵外，衛士們的刀環在鏗鏗的作響。

毀滅

一

從三山街蔡益所書坊回家，阮大鋮滿心高興，闊步跨進他的圖書凌亂的書齋，把矮而胖的身子，自己堆放在一張太師椅上，深深吐了一口氣，用手理了理濃而長的大鬍子，彷彿辦妥了一件極重要的大事似的，滿臉是得意之色。

隨手拿了一本宋本的《李義山集》來看，看不了幾行，又隨手拋在書桌上了，心底還留著些興奮的情緒，未曾散盡。

積年的怨氣和仇恨，總算一旦消釋淨盡了。陳定生，那個瘦長個兒的書生，帶著蒼白的臉，顫抖的聲音，一手攀著他的轎轅，氣呼呼的叫道：「為什麼……為什麼……要捉我們？」

吳次尾，那個胖胖的滿臉紅光的人，卻急得半句話都說不出，張口結舌的站在那裡。而華貴的公子哥兒，侯朝宗，也把一手擋著轎伕的前進，張大了雙眼，激動地叫道：

「這是怎麼說的？我剛來訪友……為什麼牽到我身上來？」

用手理理他那濃而長的大鬍子，他裝做嚴冷的樣子，理也不理他們，只吩咐蔡益所和坊長道：「這幾個人交給你們看管著，一會兒校尉便來的。跑掉一個，向你們要人！」一面揮著手命令轎伕快走。四個壯健的漢子，腳下用一用勁，便擺脫了書生們的攔阻，直闖前去，把顫抖而驚駭的罵聲留在後面，轉一個彎，就連這些聲音也聽不見了。

大鋮心裡在匿笑，臉上卻還是冰冷冷的，一絲笑容都沒有——要回家笑個痛快——他坐在轎裡，幾次要回頭望望，那幾個書呆子究竟怎麼個驚嚇的樣子，卻礙於大員的體統，不好向轎後看。

「這些小子們也有今日！」他痛快得像咒詛又像歡呼的默語道。

他感到自己的偉大和有權力；第一次把陳年積月的自卑的黑塵掃除開去。

他曾經那樣卑屈的求交於那班人，卻都被冷峻的拒絕了。門戶之見，竟這樣的顛撲不破！而不料一朝權在手，他們卻都在他的掌握之中了。書生到底值得幾文錢！只會說大話，開空口，妄自尊大。臨到利害關頭，卻也一般的驚惶失色，無可奈何！

為了他們的不中用，更顯得自己的有權力，偉大，和手段的潑辣。「好說是不中用的。總得給他們些手段看看，」而權力是那末可愛的東西啊。怪不得人家把握住它，總不肯放手！

丁祭時候的受辱，借戲時候的挨罵，求交於侯方域時的狼狽，想起來便似一塊重鉛的錘子壓在心頭。

咬緊了牙齒，想來尚有餘恨！那些小子們，自命為名士，清流，好不氣焰逼人。直把人逼到無縫可鑽入的窘狀裡去。「也有今日！」他自言自語，把拳頭狠狠的擊了一下書桌，用力太重了，不覺得把自己的拳頭打痛。

「無毒不丈夫，」他把心一橫，也顧不得什麼輿論，什麼良知了。誰叫他們那些小子們從前那樣的不給人留餘地，今天他也不必給他們留什麼餘地了。

「還是這樣辦好！一不做，二不休，」他坐在那裡沉吟，自語道。「把他們算到周鑣、雷演祚黨羽裡去！」

他明白馬士英是怎樣的害怕周、雷，皇上是怎樣的痛恨周、雷。一加上周、雷的黨羽之名便是一個死。

他站了起來，矮胖的身軀在書齋裡很拙鈍的挪動著。

窗外的桃花正在盛開，一片的紅，映得雪亮的書齋都有些紅光在浮泛著。他的黃澄澄的圓胖的多油的臉上，也泛上來一層紅的喜色。

他親手培植的幾盆小盆松，栽在古甕鉢裡，是那樣的頑健蒼翠，有若主人般的得時發跡。

二

「您家大人在家麼？」一陣急促的烏靴聲在天井旁遊廊裡踏響著。

「在書齋裡呢，楊大人！」書僮抱琴說道。

大鋮從自足的得意的迷惘裡醒了轉來。

「哈，哈，哈，我正說著龍友今天怎麼還不來，你便應聲而來；巧極，巧極，請進，請進。我告訴你一件有趣的事……」隨時準備好了的笑聲，宏亮的脫口而出。

但一看楊文驄的氣急敗壞的神色，卻把他的高興當頭打回去，像一陣雹雨把滿樹的蓓蕾都打折了一般。

「時局有點不妙！您聽見什麼風聲麼，圓老？」文驄張皇失措的說道。

大鋮的心臟像從腔膛裡跳出，跑進了冰水裡一樣，一陣的涼麻。

「出了什麼事，龍友？出了什麼事？我一點還不知道呢。」他有點氣促的說。

文驄坐了下來，鎮定了他自己。太陽光帶進了的桃花的紅影，正射在他金絲繡圓鶴的白緞袍上。

「時局是糟透了！」他嘆息道，「我輩真不知死所！難道再要演一次被髮左衽的慘劇麼？我是打定了主意的。圓老，您有什麼救國的方略？——」

大鋮著急道：「到底是什麼事呢，龍友？時局呢，果然是糟透了，但我想……」

底下是要說「小朝廷的大臣恐怕是拿得穩做下去的吧」的話，為了新參預了朝廷大計，不像前月那末可以自由開評的了，不得不自己矜持著，放出大臣的體態來，這句放肆的無忌憚的話，已到了口邊，便又縮了回去。

「恐怕這小朝廷有些不穩呢，」龍友啞聲的說道。

「難道兵部方面得到什麼特別危急的情報麼？」

龍友點點頭。

大鋮的心肺似大鼓般的重重的被擊了一記。

「大事不可為矣！我們也該拿出點主張來。」

「到底是什麼事呢？快說出來吧。等會兒再商量。」大鋮有點不能忍耐。

「十萬火急的軍報說，——我剛才在兵部接到的，已經差人飛報馬公了——中原方面要有個大變，大變！唉，唉，」龍友有點激昂起來，清癯的臉龐，顯得更瘦削了，「將軍們實在太不可靠了，他們平日高官厚祿，養尊處優，一旦有了事，就一個也不可靠，都只顧自家利益，辜負朝廷，耽誤國事。唉，唉，武將如此，我輩文臣真是不知死所了！」

「難道高傑又出了什麼花樣麼？他是史可法信任的人，難道竟獻河給北廷了麼？」大鋮有點驚惶，但也似在意料之中，神色還鎮定。

「不，高傑死了！一世梟雄，落得這般的下場！」

「是怎樣死的呢？」大鋮定了心，反覺得有點舒暢，像拔去一堆礙道的荊棘。高傑是黨於史可法的，南都的主事者們對於他都有三分的忌憚。

「是被許定國殺的，」龍友道。「高傑一到了開、洛，自負是宿將，就目中無人起來，要想把許定國的軍隊奪過去，給他自己帶，定國卻暗地裡和北兵勾結好，表面上對高傑恭順無比，卻把他騙到一個宴會裡，下手將他和幾個重要將官都殺了。高傑的部下，散去的一半，歸降許定國的一半。如今聽說定國已拜表北廷，請兵渡河，不久就要南下了！圓老，您想這局面怎麼補救呢？這時候還有誰能夠阻擋？先帝信任的宿將，只存左良玉和黃得功了。得功部下貪戀揚州的繁華，怎肯北上禦敵？良玉是擁眾數十萬，當武、漢四戰之區，獨力防闖，又怎能東向開、洛出發？」

大鋮慢條斯理的撫弄著他頷下的大把濃鬍，沉吟未語，心裡已大為安定，沒有剛才那末惶惶然了。

「我看的大勢還不至全然無望。許定國和北廷那邊，都可以設法疏解。我們正遣左懋第到北廷去修好，還可以用緩兵之計。先安內患，將來再和強鄰算帳，也不為遲。至於對許定國，只可加以撫慰，萬不可操切從事。該極力懷柔他，不使他為北廷所用。這我有個成算在……」

書僮抱琴闖了進來，說道：「爺，馬府的許大爺要見，現在門外等。」

龍友就站了起來，說：「小弟告辭，先走一步。」

大鋮送了他出去。一陣風來，吹落無數桃花瓣，點綴得遍地豔紅。襯著碧綠的蒼苔砌草，越顯得淒楚可憐。詩人的龍友，向來是最關懷花開花落的，今天卻熟視無睹的走過去了。

三

「究竟這事怎麼辦法呢？殺了防河的大將，罪名不小。如果不重重懲治，怎麼好整飭軍紀？」馬士英打著官腔道。

馬府的大客廳裡，地上鋪著美麗奪目的厚氈，向南的窗戶都打開了，讓太陽光晒進來。幾個幕客和阮大鋮坐在那裡，身子都半浸在朝陽的金光裡。

「這事必得嚴辦，而且也得雪一雪高將軍的沉冤。」一個幕客道。

「實在，將官們在外面鬧得太不成體統了；中央的軍令竟有些行不動。必得趁這回大加整飭一番。」

「我也是這個意思，」士英道，「不過操之過急，許定國也許便要叛變。聽說他已經和北廷有些聯絡了。」

大家面面相覷，說不出一句話來。

沉默了好久。圖案似的窗外樹影，很清晰的射在厚地氈上，地氈上原有的花紋都被攪亂。

「如果出兵去討伐他呢，有誰可以派遣？有了妥人，也就可使他兼負防河的大責。」士英道。

「這責任太大了，非老先生自行不可。但老先生現負著拱衛南都的大任，又怎能輕身北上呢？必得一個有威望的大臣宿將去才好。」一個幕客道。

「史閣部怎樣呢？」士英道。

「他現駐在揚州，總督兩淮諸將，論理是可以請他北上的。但去年六月間，高傑和黃得功、劉良佐諸將爭奪揚州，演出怪劇，他身為主帥，竟一籌莫展，現在又怎能當此大任呢？況且，黃、劉輩也未必肯捨棄安樂的揚州，向貧苦的北地，」大鋮侃侃而談起來。

「那末左良玉呢，可否請他移師東向？」一位新來的不知南都政局的幕客說。

大鋮和士英交換了一個疑懼的眼色。原來左良玉這個名字，在他們心上是個很大的威脅。紛紛藉藉的傳言，說是王之明就是故太子，現被馬、阮所囚，左良玉有舉兵向江南肅清君側之說。這半個月來，他們兩人正在苦思焦慮，要設法消弭這西部的大患，如今這話正觸動他們的心病。

但立刻，大鋮便幾乎帶著呵責口氣，大聲說道，「這更不可能！左良玉狼子野心，舉止不可測度。他擁眾至五十萬，流賊歸降的居其多數，中央軍令，他往往置之不理。外邊的謠言，不正在說他要就食江南麼？這一個調遣令，卻正給他一個移師東向的口實！」

「著呀！」士英點頭道，「左良玉是萬不可遣動的。何況闖逆猶熾，張獻忠雖蟄伏四川，亦眷眷不忘中土，這一支重兵，是決然不能從武漢移調開去的。」

沉默的空氣又瀰漫了全廳。

這問題是意外的嚴重。

「圓海，你必定有十全之策，何妨說出來呢？」士英隔了一會，向大鋮提示說。

大鋮低了頭，在看地氈上樹影的擺動，外面正吹過一陣不小的春風。

理了理頷下的大濃鬍，他徐徐說道：「論理呢？這事必得秉公嚴辦一下，方可使悍將驕兵知有朝廷法度。但時勢如此，雖有聖人，也絕不能一下挽回這積重難返的結習。而況急則生變，徒然使北廷有所藉口。我們現在第一件事，是抓住許定國，不放他北走。必須用種種方法羈縻住他，使他安心，不生猜忌。所以必得趕快派人北上去疏解，去撫慰他，一面趕快下詔安撫他的軍心，遲了必然生變！目前正是用人之際，也顧不得什麼威信，什麼綱紀了。」

「但他仇殺高傑的事怎麼辯解呢？」士英道。

「那也不難。高傑驕悍不法，為眾所知。他久已孤立無援，絕不會有人為他報復的。我們只消小施詭計，便可面面俱到了，就說高傑剋扣軍餉，士卒嘩變，他不幸為部下所殺，還虧得許定國撫輯其眾，未生大變。就不妨借此獎賞他一番，一面虛張聲勢，說要出重賞以求刺殺高某的賊人，借此掩飾外人耳目。這樣，定國必定感激恩帥，為我所用了。」

「此計大妙！此計大妙！」士英微笑點頭稱讚道，彷彿一天的愁雲便從此消散淨盡一般。「究竟圓海是成竹在胸，真不愧智囊之目！」說著一隻肥胖紅潤的大手，連連撫拍大鋮的肩膀。

大鋮覺得有些忸怩，但立刻便又坦然了，當即呵呵大笑道，「事如有成，還是托恩師的鴻福！」

四

但許定國並不曾受南朝的籠絡。他早已向北廷通款迎降，將黃河險要雙手捧到清國攝政王的面前了，關外的十萬精悍鐵騎，早已浩浩蕩蕩，渡河而過，正在等待時機，要南向兩淮進發。

「真想不到許定國竟會投北呢！」士英蹙額皺眉的說，「總怪我們走差了一著。當初不教高傑去防河，此事便不會有；高、許不爭帥，此事也不會有。……」

「不是我說句下井投石的話，這事全壞在高傑之手！高傑不北上防河，許定國是絕不會激叛的。」大鋮苦著臉說，長髯子的尖端，被拉得更是起勁。本來還想說，也該歸咎於史可法的舉薦失人，但一轉念之間，終於把這話倒嚥下去。

彼此都皺著眉頭坐在那裡，相對無言。樹影在地氈上移動，大宣爐裡一爐好香的煙氣，裊裊不斷的上升。東面的壁衣浴在太陽光裡，上面附著的金碧錦繡，反射出耀目的光彩。中堂掛著的一幅陳所翁的墨龍，張牙舞爪的像要飛舞下來。西壁是一幅馬和之的山水，那種細軟柔和的筆觸，直欲凸出絹面來，令人忘記了是坐在京市的宅院裡。

但一切都不會使坐在那裡的人們發生興趣。切身的焦慮攫住了他們的心，不斷地在嚙，在咬，在啃。

這滿族的南侵，破壞了他們的優遊華貴的生活，是無疑的。許定國的獻河，至少會熾起北廷乘機解決南都的慾望，定國對於南都的兵力和一切弱點是瞭若指掌的。他知道怎樣為自己的地位打算，怎樣可以保全自己的實力和地盤。馬士英他們呢，當然也是身家之念更重於國家的興亡。但他們的一切享受，究竟是依傍南朝而有的。南朝一旦傾覆，他們還不要像失群的雁或失水的魚一般感著狼狽麼？

於是，將怎樣保全這個小朝廷，也就是將怎樣保全他們自己的身家的念頭，橫梗在他們心上。

「圓海，那條計既行不通，你還有何策呢？」

大鋮在硬木大椅上，挪動了一下圓胖的身體，遲疑的答道：「那，那，待下官仔細想一想……除了用緩兵之計，穩住了北廷的兵馬之外，是別無他策的了。只要北兵不渡淮，無論答應他們什麼條件都可以。從前石晉拿燕雲之地給契丹，宋朝歲奉巨幣賂遼金，都無非不欲因小而失大，情願忍痛一時，保全實力，徐圖後舉的。」這迂闊之論，只算得他的無話可答的回答，連他自己也不知在說什麼。

「但是北廷的兵馬，怎麼就肯中止開、洛不再南下呢？我們再能給他們什麼利益呢？現在是北京中原都已失去的了！」士英道。

大鋮沉吟不語，只不住的撫摸濃鬚，摸得一根根油光烏黑。只有一個最後的希望：北廷能夠知足而止，能夠以理折服。左懋第的口才，能夠感動北軍中大將，也未可知。但這卻要看天意，非人力所能為了。此時這種希望的影子，還像金色綠色紫色的琉璃宮瓦在太陽光中閃爍搖曳那樣的，捉摸不定。

「也只有盡人事以聽天命的了！」大鋮嘆息道。

濃濃的陰影爬在每個人的心上，飄搖的不知自己置身何所，更不知明天要變成怎樣一個局面。只有極微渺的一星星希望，像天色將明時油燈裡的殘燼似的一眨一眨地跳動。

突然的，一陣沉重的足步聲急促的從外而來，一個門役報告道：「史閣部大人在門口了，說有機密大事立刻要見恩帥！」

廳中的空氣立刻感得壓迫嚴重起來。

「圓海，你到我書齋裡先坐一會兒吧。我們還有事要細談。也許今夜便在這裡作竟夜談，不必走了。」士英吩咐道。

大鋮連連的答應退入廳後去。

五

「糟了！糟了！」士英一進了書齋，便跌足的叫道，臉色灰敗的如死人的一般。

大鋮不敢問他什麼，但知道史閣部帶來的必是極嚴重的消息。眼前一陣烏黑，顯見得是凶多吉少，胸膛裡空洞洞的，霎時間富貴榮華，親仇恩怨，都似雪獅子見了火一般，化作了一灘清水。

「圓海，」士英坐了下來叫道：「什麼都完結了！北兵是旦暮之間就要南下的！許定國做了先鋒！這罪該萬死的逆賊！還有誰擋得住他呢？史可法自告奮勇，要去防守兩淮。但黃得功和二劉的兵馬怎麼可靠？怎麼敵得住北兵正盛的聲勢？我們都要完了吧！」

像空虛了一切似的闇然的頽喪。

沉重而窒塞的沉默和空虛！銅壺裡的滴漏聲都可以聽得見。階下有兩個書僮在那裡聽候使喚。他們也沉靜得像一對泥人，但呼吸和心臟的搏動聲規律地從碧窗紗裡送進來。

太陽光的金影還在西牆頭，未曾爬過去。但一隻早出的蝙蝠已經燕子一般輕快的在階前拍翼了。

「我們的能力已經用盡了，還有什麼辦法可想呢？」大鋮淒然的嘆道，那黃胖的圓臉，劃上一道道苦痕，活像一個被斬下來裝在小木籠裡的首級。「依我說，除了緩兵或乾脆迎降之外，實在沒有第三條路可以走的！」

「迎降」這兩個大字很響亮的從大鋮的口中發出，他自己也奇怪，素來是謹慎小心的自己，怎麼竟會把這可怕的兩個字，脫口而出！

「說來呢，小朝廷也實在無可依戀了，」士英也披肝瀝膽的說道，「我們的敵人是那末多。就使南朝站得住，我們的富貴也豈能永保？史可法、黃得功、左良玉，他們有實力的人，個個是反對我們的。我只仗著那支京師拱衛軍，你是知道的，那些小將官如何中得用？十個兵的餉額，倒被吞去了七個。乾脆是沒有辦法的！」他低了聲，「圓海，你我說句肺腑話吧，只要身家財產能夠保得住，便歸了北也沒有什麼。那勞什子的什麼官，我也不想做下去了。」

大鋮心裡一陣的明亮，漸漸的又有了生氣。「可不是麼，恩帥？敵是敵不過的，枉送了許多人的性命，好不作孽！『識時務者為俊傑』。我聽見史可程說過——他剛從北邊來，你老見過他麼？——」

士英搖搖頭道：「不曾。但聽說，史可法當他是漢奸，上了本，說什麼『大義滅親』，自行舉發，要辦他個重重的罪呢。但皇上總礙著可法的面子，不好認真辦他，只把他拘禁在家。用一個養母終老的名義，前事一字不提了。」

「可還不是那末一套，不過可程倒是個可親近的人，沒有他哥的那股傻八輪東的勁兒。他和我說起過，老闖進了京師，鬧得雞犬不寧，要不是他老太爺從前一個奴才做了老闖的親信，他也幾乎不免。有錢的國戚大僚，沒有一個不被搜括乾淨的，還受了百般的難堪的刑罰，什麼都給抬了去。但說北兵卻厚道，有紀律，進了城，首先便禁止擄掠。殺了好多乘風打劫的土棍。有洪老在那邊呢，凡事都做得主。過幾天，就要改葬先帝，恢復舊官的產業，發還府第了。人家是王者之師，可說是市井不驚，秋毫無擾，那裡像老闖們那麼暴亂的？我當初不大信他的話，但有一個舍親，在京做部曹的，也南來了，同他說的絲毫無二。還說是南北來往可以無阻，並不查禁京官回籍的。」放低了聲音，「確是王者之師呢。周府被老闖奪去了的財物，查明了，也都發還了。難道天意真是屬於北廷了！」說至此聲音更低，兩個頭也幾乎碰在一處。「聽說北方有種種吉祥的徵兆呢。洪老師那邊，小弟有熟人；他對小弟也甚有恩意。倒不妨先去聯絡聯絡。」

士英嘆了一口氣道：「論理呢，這小朝廷是我們手創的，那有不與共存亡之理？但時勢至此，也顧不得了，『孺子可保則保之。』要是天意不順的話，也只好出於那一途了。」又放低了聲音，附著大鋮的耳邊，說道：「洪老那邊，倒要仗吾兄為弟關照一下。」

大鋮點點頭，不說什麼。他向來對士英是卑躬屈節慣了的，不知怎樣，他今天的地位卻有些特別。在馬府裡，雖是心腹，也向來都以幕僚看待，今天他卻像成了士英的同列人了。

「要能如此，弟固不失為富家翁，兄也穩穩還在文學侍從之列，」士英呵呵大笑的拿這預言做結束。

桌邊，滿是書箱，楠木打成的。箱裡的古書，大鋮是很熟悉的，無不是珍祕的鈔本，宋元的刻本。他最愛那宋刻的唐人小集，那麼雋美的筆劃，恰好和那清逸的詩篇相配稱，一翻開來便值得心醉。士英也怪喜愛它。還有世彩堂廖刻的幾部書，字是銀鈎鐵畫，紙是那麼潔白無纖塵。地上放著一個小方箱，是士英近幾天才得到的一部《淮海詩詞集》。箱頂上的一列小箱，是宋拓的古帖。兩個大立櫃，放在地上，占了書齋的三分之一的地盤。那裡面是許多唐宋名家的字畫。地上的一個哥窯的大口圓瓶，隨意插放著幾軸小幅的山水花卉。隨手取一捲來打開，卻是倪雲林畫的拳石古松。

窗外是蓬蓬鬱鬱的奇花異木，以及玲瓏剔透的怪石奇峰。月亮從東邊剛上來，還帶著些未清醒的黃暈。一支白梨花，正橫在窗前，那花影被月光帶映在栗色的大花梨木書桌上，怪有豐致的。

大鋮他自己家裡，也正充斥著這一切不忍捨棄的圖書珍玩。他總得設法保全它們。這是先民的精靈所繫呢！要是一旦由它們失之，那罪孽還能贖嗎？單為了這保全文化的責任，他們也得籌個萬全之策。

那一夜，他們倆密談到雞鳴；書僮們在廊下瞌睡，被喚醒添香換茶，不止兩三次。

六

「恩帥，聽見外邊的謠言了麼？風聲不大好呢，還是針對著我們兩個發的！但北廷方面倒反而像沒有什麼警報了。」大鋮倉倉皇皇的闖了進來，就不轉氣的連說了這一大套。

士英臉色焦黃，像已嚇破了膽，一點主意也沒有。他顫抖抖的說道：「不是謠言，是實在的事。但怎麼辦呢，圓海？這可厲害呢。不比北兵！北兵過了河，就停頓在那裡了，一時不至於南下。我見到那人的檄文呢，上面的話可厲害。」

隨手從栗色花梨木大書桌上的亂紙堆裡檢出一份檄文遞給大鋮。

大鋮隨讀隨變了色。「這是從那裡說起？國勢危急到這地步，還要自己火拼嗎！」

「不是火拼，圓海，他說的是清君側呢。」放低了聲音。「盡有人同情他呢。你知道，我的兵是沒法和他抵抗的。他這一來，是浩浩蕩蕩的沿江而下，奔向東南。怎樣辦呢？聽說有十幾萬人馬呢。圓海，你得想一個法子，否則，我們都是沒命的了！共富貴的盡有人，共患難的可難說了！」士英大有感慨的嘆道。

大鋮臉上也現著從未曾有的憂鬱，黃胖的臉，更是焦黃得可怕，坐在那裡，老撫摸自己的鬍子，一聲不響。

他眼望著壁上的畫軸，卻實在空茫茫的一無所見。他想前想後，一肚子的悶氣，覺得誤會他的人實在太多了！他又何曾作過什麼大逆不道的罪孽！為什麼有這許多人站在那裡反對他？至於馬士英，他是當朝掌著生殺大權的，他自己為什麼也被打入他的一行列裡去？心裡有點後悔，但更甚的是懊喪。馬、阮這兩個姓聯在一處，便成了咒詛的目的。這怨尤是因何招來的呢？他自己也不大明白！……心裡只覺得刺痛，彷彿立在絕壁之下，斷斷不能退縮。還是橫一橫心吧！……他是不能任人宰割的！……不，不，只要他還有一口氣在，他總得反抗！什麼國家，什麼民族，他都可犧牲，都不顧卹！但他不得不保護自己，絕不能讓仇人們占了上風……不，不能的！他阮鬍子也不是好惹的呀！他也還有幾分急智幹才可以用。他總得自救，他斷不退縮！

只在那一剎那間，他便打定了主意：絕對不能退，退一步，便退入陷阱裡去。

幹，不退卻，他狠狠的摸著自己的髫子，彷彿那鬍子被拉得急了，便會替他想出什麼卻敵的妙計來似的。

室中沉寂得連自己心肺的搏動也清晰可聞。士英知道他在深謀默策，便不去打擾他，只把眼光盯在窗外。一陣陣的幽香從窗口噴射進來。最近有人從福建送了十幾盆絕品的素心蘭給他，栽在綠地白花的古窯的方盆裡。他很喜愛它們，有十幾箭枝葉生得直堪入畫，正請了幾個門下的畫師在布稿，預備刊一部蘭譜。牆角的幾株高到簷際的芭蕉，把濃綠直送入窗邊。滿滿的一樹珍珠梅，似雪點般的細密的白花正在盛放。太陽光是那麼可愛的遍地照射著。幾隻大鳳蝶，帶著新妍斑斕的一雙大粉翼，在那裡自由自在的飛著。一口漢代的大銅瓶裡，插著幾朵紫紅色牡丹花，朵朵大如果盆，正放在書桌上。古玩架上，一個柴窯的磁碗裡，正養著一隻綠毛小龜，那背上的綠毛，細長纖直，鮮翠可愛，一點沒有曲折，也沒有一點汚穢的雜物夾雜在裡面。白色的唐磁小鉢裡，栽著一株小盆松，高僅及三寸，而蟠悍之勢，卻似沖天的大木。一個胭脂色的玉碗，說是太真的遺物，擺設在一隻大白玉瓶旁邊，那瓶裡插的是幾枝朱紅耀眼的大珊瑚。

老盯在這些清玩的器物上，士英的眼光有些酸溜溜的。在這樣的好天氣，好春景裡，難道竟要和這一切的珍品一旦告別麼?辛苦了一世的收藏，竟將一旦屬於他人麼?萬端的愁緒，萬種的依回;而前月新娶的侍姬阿嬌，又那麼的婉轉依人，嬌媚可喜，……難道也將從她身旁眼睜睜看她被人奪去麼？

他有些不服氣，決計要和這不幸的運命抗爭到底。但有什麼反抗的力量呢？他是明白他自己和他的軍隊的。他知道這一年來，當朝執政的結果是結下了許許多多的死活冤家。左良玉的軍隊一到南京，他就決然無倖，比鐵券書上的文字還要確定的。左軍向江南移動的目的，一面說是就食，一面卻是剷除他和大鋮。他想不出絲毫抵抗的辦法。他心裡充滿著頹喪、顧惜、依戀、恐怖的情緒。……遲之又久，他竟想到向北逃亡……

「這一著可對了！」大鋮叫了起來，把士英從迷惘裡驚醒。

「有了什麼妙計麼？」士英懶懶的問。

「這一著棋下得絕妙，若不中，我不姓阮！」大鋮面有得色的說道。

士英隨著寬了幾分心，問道：「怎樣呢，圓海？如有什麼破費，我們斷不吝惜！」

「倒是要用幾文的，但不必多。」隨即放低了聲音說道，「這是可謂一箭雙鵰，我們設法勸誘黃得功撤了淮防的兵，叫他向西去抵抗左師。如今得功正以勤王報國自命，我們一面發他一份重餉，一面用御旨命令，他決沒有不去的。他絕不敢抗命！兩虎相鬥，必有一傷。但我們卻可保全了一時。此計不怕不妥！若得功阻擋不住，那我還有一計，那得用到詩人楊龍友了。」

「就派人去請龍友來！」

七

楊龍友為了侯朝宗的被捕，心裡很不高興。蘇昆生到過他寓所好幾趟了，只是懇切的求救於他。他知道這事非阮大鋮不能了，也曾跑到大鋮那裡去，卻撲了一個空。

這兩天，西師的風聲很緊，他也知道。只得暫時放下了這條營救人的心腸，呆呆的坐在家裡發悶。要拿起筆來畫些什麼，但茫然若失的情緒卻使他的筆觸成為亂抹胡塗的情形，沒有一筆是自己滿意的。他一賭氣，擲了筆不畫了，躺在炕床上，枕著妃色的軟墊，拿著一本蘇長公小品讀讀，卻也讀不進什麼去。

他沒有什麼牽掛。他的愛妾，已經慷慨的和他說過，要有什麼不測，她是打算侍候他一同報國的。所不能忘情的，只有小小一批藏書和字畫。他雖然不能和阮、馬爭購什麼，在那裡面，卻著實有些精品，都是他費了好些心血搜求來的。但那也是身外物，……說拋卻，便也不難拋卻。

但終不能忘情……，心裡只是慌慌的，空洞洞的，不知道在亂些什麼。

西師的趨向江南，他雖不怎樣重視，卻未免為國家擔憂。在這危急關頭，他誠心的不願看見自己兄弟的火拼，而為了和阮、馬的不淺的交誼，也有些不忍坐視他們一旦倒下去。

馬府請他的人來，這才打斷他的茫然的幻想，但還是迷迷胡胡的，像完全沒有睡醒。

「哈，哈，龍友，不請，你竟絕跡不來呢！」士英笑著說。「有要事要托你一辦。」

「這事非龍友不辦，只好全權奉托！」大鋮向他作了一個揖說。

龍友有點迷惘，一時說不出什麼來。

「你和侯朝宗不是很熟悉麼？」大鋮接著道。

龍友被觸動了心事，道：「不錯，侯朝宗，為了他的事，我正要來托圓老。昨天到府上去……」

大鋮打斷了他的話，說道：「我都知道，那話可不必再提。已經吩咐他們立刻釋放他出來了。現在求你的是，托你向侯生一說，要他寫一信阻止左師的東向。他父親是左良玉的恩主。左某一生最信服他，敬重他的。侯生不妨冒托他父親的名義，作信給左某，指陳天下大勢以及國家危急之狀，叫他不要倡亂害國。這封信必要寫得暢達痛切，非侯生不辦。」

「朝宗肯寫這信麼？」龍友沉吟道。

「責以大義，沒有不肯寫的。」大鋮道。「你可告訴他，如今正是國家危急存亡之際，再也談不到什麼恩怨親仇了。北廷頓兵於開、洛，其意莫測，老闖餘眾尚盛，豈宜自己鬩牆？朝廷絕不咎左良玉既往之事，只要他肯退兵。侯生是有血性之人，一定肯寫這封信的。」

「為了國家，」龍友淒然的說道，「我不顧老臉去勸他，死活叫他寫了這信就是。」

「著呵，」士英道，「龍友真不愧為我們的患難交！」

「但全是為國家計。國事危急至此，我們內部無論如何，是不能再自動干戈的！在這一點上，我想，朝宗一定會和我們同意。」

「如果左師非來不可，我們也只得拱手奉讓，絕不和他以兵戎相見，」大鋮虛偽的敷衍道。

士英道：「著呵。我們的國家是斷乎不宜再有內戰的了。我什麼都可以退讓，只要他們有辦法提出。我不是戀棧的人。我隨時都可以走，只要有了替代人。」

「可不是，」大鋮道，「苟有利於國，我們是不惜犧牲一切的。但中樞不宜輕動。這是必要的！任他人有什麼批評，馬公是要盡心力維持到底的！」

龍友不說什麼，立了起來，道：「事不宜遲，我便到朝宗那邊去。」

八

侯朝宗冒他父親之名的信發出了，但同時，黃得功的那支兵馬也被調到江防。淮防完全空虛了。史可法異常著急，再沒有得力的軍隊可以填補，深怕清兵得了這個消息，乘虛撲了來。

而這時，西兵已經很快的便瓦解了。左良玉中途病死，部下四散，南都的西顧之憂，已是不成問題。

馬、阮們心上落下了一大塊石頭。南都裡幾位盼著朝政有改革清明的一線希望的人，又都灰了心。

秦淮河邊的人們，仍是歌舞沉酣，大家享受著，娛樂著。馬、阮心上好不痛快。便又故態復萌，橫徵暴斂，報復冤仇，享受著這小朝廷的大臣們的最高權威。過一天，算一天。一點不擔心什麼。

但，像黃河決了口似的，沒等到黃得功的回防，清廷的鐵騎，已經澎湃奔騰，疾馳南下。史可法和黃得功只好草草的在揚州附近布了防。

經不起略重的一擊，黃得功第一戰便死於陣上，揚州被攻破，史可法投江自殺。

這噩耗傳到了南京，立刻起了一陣極大的騷亂。城內，每天家家戶戶都在紛紛擾擾，搬東移西，像一桶的泥鰍似的在絞亂著。已經有不逞的無賴子們在動亂，聲言要抄劫奸臣惡官們的家產，燒燬他們的房屋。

阮府、馬府的門上，不時，深夜有人去投石，在照牆上貼沒頭揭帖，說是定於某日來燒房，或是說，某日要來搶掠。

終日有兵隊在那裡防守，但兵士們的本身便是動亂分子裡的一部分。紀律和秩序，漸漸的維持不住。

一夕數驚，說是清兵已經水陸並進，沿江而來。官府貼了安民的大布告，禁止遷居。但搬走的，逃到鄉下去的，仍舊一天天的多起來，連城門口都被堵塞。

什麼樣的謠言都有，幾乎一天之內，總有十幾種不同的說法，可驚的又可喜的，時而恐慌，時而暫為寬懷。有的說，某處勤王兵已經到了。有的說，許定國原是詐降的，現在已經反正，並殺得清兵鼠竄北逃了。有的說，因了神兵助陣，某某義軍大破北兵於某處。……但立刻，這一切喜訊便都被證明為偽造。北兵是一天天的走近了來，無人可抵擋。竟不設防，也竟無可調去設防的兵馬。他們如入無人之地。勸降的檄文，雪片似的飛來，人心更為之搖動。

「看這情形，在北軍沒到之前，城內會有一場大劫呢。潑皮們是那樣的騷動。」大鋮擔心的說。

士英苦著臉，悄悄的道，「剛從宮裡出來，皇上有遷都之意，可還說不定向那裡遷。」

「可不是，向那裡遷呢？」

「總以逃出這座危城為第一著，他們都在料理行裝。」

大鋮還不想搬動。北兵入了城，他總以為自己是沒有什麼危險的。

「我們怎麼辦呢？隨駕？留守？」士英向大鋮眨眨眼。他是想藉口隨駕而溜回家鄉去的。

「留守為上。我們還有不少兵，聽說，江南的義軍，風起雲湧似的出來了，也儘夠堅守一時。」大鋮好像不明白他的意思似的說道。

士英走向他身旁，悄悄的道：「你，不知道麼？我的兵是根本靠不住的。這兩天，他們已經混入潑皮隊裡去了。逃難人的箱籠被劫的已經不少。還有公然白晝入民房打劫的。誰都不敢過問。我不能維持這都城的治安。……但北兵還不來……就在這幾天，我們得小心……剛才當差的來說，有人在貼揭帖，說要聚眾燒我們的宅子。南京住不下去了，還以早走為是。」

「難道幾天工夫都沒法維特麼？」

「沒有辦法。可慮的是，潑皮們竟勾結了隊伍要大幹。」

大鋮也有點驚慌起來，想不到局面已糟到如此。留居的計劃根本上動搖起來。

九

大鍼回了家，抱琴哭喪著臉，給他一張揭帖。

「遍街貼著呢，我們的照壁上也有一張。說不定那一天會出事。您老人家得想想法子。」

「坊卒管什麼事的！讓這些潑皮們這樣胡鬧！」大鍼裝著威風，厲聲道。

「沒用，勸阻不了他們。五爺去阻止了他們一會，吃了一下老大的拳頭，嚇得連忙逃回家。」

「不會撕下的麼，沒用的東西！」

「撕不淨，遍街都是。早上剛從照壁撕下一張。鬼知道什麼時候又有一張貼上去了。」

大鍼心頭有點冷，胸膛裡有點發空。他只在書齋裡低頭的走，很艱難的挪動他那矮短的胖腿。

「您老人家得打打主意，」門上的老當差，阮伍，所謂五爺的，氣呼呼的走進來叫道，「皇上的鑾駕已經出城門去了！」

「什麼！」大鋮吃驚的抬頭。「他們走了？」

「是的，馬府那邊也搬得一空了。小的剛才碰見他們那邊的馬升，他押著好幾十車行李說，馬爺騎著馬，在前面走呢。」

他走前幾步，低聲的說：「稟老爺，得早早打主意。城裡已經沒了主。剛才在大街上碰見一班不三不四的小潑皮，有我們的仇人王福在裡面，彷彿是會齊商量什麼似的，我只聽見『褲襠子阮』的一句。王福見了我，向他們眨眨眼，便都不聲不響了。有點不妙，老爺。難道真應了揭帖上的話？」

大鋮不說什麼，只揮一揮手。阮伍退了出來。剛走到門口。

「站住，有話告訴你。」

阮伍連忙垂手站住了。

「叫他們後邊準備車輛。多預備些車輛。」

阮伍諾諾連聲的走去。

大鋮是一心的忙亂，叫道：「抱琴，」他正站在自己的身旁，「你看這書齋裡有什麼該收拾收拾的？」

「都要！」

「書呢？古玩呢？」

「怕一時歸著不好。」

「快些動手，叫攜書他們來幫你。」

「嗻！但是沒有箱子好放呢，您老人家。」

書齋裡實在太亂了，可帶走的東西太多，不知怎樣的揀選才好。

一大批他所愛的曲本，只好先拋棄下，那不是什麼難得的。但宋版書和精鈔的本子是都要隨身帶走的。還有他自己的寫作，未刻成的，那幾箱子的宋元的字畫，那些宋窯，漢玉，周鼎，古鏡，沒有一樣是捨棄得下的。他費了多少年的心力，培植得百十盆小盆景，沒有一盆肯放下。但怎麼能帶著走呢？箱子備了不到五十隻，都已裝滿書了。

「有的東西，不會用氈子布匹來包裝麼?蠢才!」但實在一時收拾不了;什麼都是丟不下的，但能夠隨身攜帶的實在太少了。收了這件，捨不下那件，選得這物，捨棄不掉那物。忙亂了半天，還是一團糟。從前搜括的時候，只嫌其少，現在卻又嫌其太多了。

「北兵得什麼時候到呢?」他忘形的問道。

「聽說，沿途搜殺黃軍，還得三五天才能進城，但安民告示已經有了。」抱琴道：「那上面還牽連爺，您老人家的事呢。」他無心的說。

「什麼!」大鋮的身子冷了半截。「怎麼說的?」圓睜了雙眼，狼狽得像被綁出去處刑似的。

「說是什麼罪，小的不大清楚。只聽人說北兵是來打倒奸賊，解民倒懸的。倒有人想著要迎接他們哩!」

大鋮軟癱在一張太師椅上垂頭不語。他明白，自己是成了政爭的犧牲品了。眾矢之的，萬惡所歸。沒法辯解，不能剖釋。最後的一條路，也被塞絕。逃，匿姓隱名的逃到深山窮谷，只有這條路可走了。還須快。一遲疑，便要脫不得身。

掙扎起身子，精神奮發得多，匆匆向內宅跑去。

十

說是輕裝，不帶什麼，卻也有十來車的行李。大鋮他自己更換了破舊的衣服，戴著涼帽，騎著一匹快走的毛驢，遠遠的離開車輛十幾步路，裝作平常逃難人似的走著。生怕有人注意，涼帽的簷幾乎遮到眉頭。

滿街上都是人，哄哄亂亂的在跑，在竄，在搬運，像沒有頭的蒼蠅似的，亂成一團，擠成一堆。幾個不三不四的惡少年，站在街上，暗暗的探望。

「南門出了劫案呢，不能走了！」一堆人由南直往北奔，嘈雜雜的大嚷。

「搶的是誰？」

「馬士英那傢伙。有百十輛大車呢，滿是金銀珍寶，全給土匪搶光了，只逃走了他。」

「痛快！天有眼睛！」途人禱告似的這樣說。

嚇得大鋮的車輛再不敢往南奔。回轉來，向西走。車輛人馬擠塞住了。好容易才拐過彎來。

一陣火光，沖天而上。遠遠的有吶喊聲。

「哈，哈，」一個人帶笑的奔過，「馬士英家著火了！」

大鋮感到一陣的暈眩，頭殼裡嗡嗡作響，身子是麻木冰冷的。

他必定要同馬士英同運，這，在他是明了得像太陽光一般的前途。

火光更大，有黑灰滿街上飛。

「這是燒掉的綢緞布匹呢，那黑灰還帶著些彩紋，不曾燒盡。」

又是一陣的更細的黑灰，飄飄拂拂的飛揚在天空。一張大的灰，還未化盡，在那裡蝴蝶似的慢慢的向下翻飛。大鋮在驢上一眼望過去，彷彿像是一條大龍的身段。他明白，那必是懸掛在中堂的那幅陳所翁的墨龍遭到劫運了。

一陣心痛。有種說不出的淒涼意味。

吶喊的聲音遠遠的傳來。怕事的都躲在人家屋簷下，或走入冷巷裡去，商舖都上了板門。大鋮也把毛驢帶入巷口。

無數的少年們在奔，在喊，像千軍萬馬的疾馳過去。有的鐵板似的臉，有的還在笑，在罵，在打鬧，但都足不停步的奔跑著。

「到褲襠子阮家去啊！」

宏大的不斷的聲音這麼喊著，那群眾的隊伍直向褲襠子那條巷奔去。

大鋮又感到一陣涼麻，知道自己的家是喪失定了。他的書齋裡，那一大批的詞曲，有不少祕本，原稿本，龍友屢次向他借鈔，而他吝嗇不給的，如今是都將失去了。半生辛苦所培植的小盆景，……真堪痛心！乃竟將被他們一朝毀壞！唐宋古磁，還有那一大批的宋元人的文集，以及國朝人的許多詩文集，也竟將全部失去！可怕的毀滅！他但願被搶去，被劫走，還可以保存在人間，……但不該放一把火燒掉呵！

「啊，不好，」他想起了：客廳裡掛的那幾幅趙孟頫的馬，倪雲林的小景，文與可的竹，蘇東坡的墨跡，都來不及收下。該死，他竟忘記了它們！如今也在劫數之中！還有，還有，……一切的珍品，都逐一的在他腦裡顯現出來，彷彿都在那裡爭訴自己的不幸，在那裡責罵他這收藏者，辜負所托！

「但願被搶，不可放火！」他呢喃的祈禱似的低念著萬一的希望！

又是隱約的一陣吶喊聲，隨風送了過來。

「阿彌陀佛，」一個路人念著佛，「褲襠子阮家也燒了！」

大鍼嚇得一跳，抬起頭來，可不是，又是一支黑煙夾著火光，沖天而去。

眼前一陣烏黑，幾乎墮下驢來。

「可惜給那小子走了！」巷口走過一個人說道。

「但他的行李車也給截留了。光光的一個身子逃走也沒用。一生搜括，原只為別人看管一時。做奸臣的那有好下場！」

大鋮這時才注意到，他的行李車輛，並不曾跟他同來。不知在什麼時候竟相失了。

一身的空虛，一心的空虛，像生了一場大病似的，他軟癱癱的伏在驢上，慢慢的走到水西門，不知走向什麼地方去的好。

電子書購買　爽讀 APP

國家圖書館出版品預行編目資料

桂公塘：從廟堂間的權力遊戲，直至國破家亡時的利慾薰心 / 鄭振鐸 著. -- 第一版. -- 臺北市：崧燁文化事業有限公司, 2023.09

面；　公分

POD 版

ISBN 978-626-357-588-2(平裝)

857.63　112013125

桂公塘：從廟堂間的權力遊戲，直至國破家亡時的利慾薰心

臉書

作　　者：鄭振鐸

發 行 人：黃振庭

出 版 者：崧燁文化事業有限公司

發 行 者：崧燁文化事業有限公司

E-mail：sonbookservice@gmail.com

粉 絲 頁：https://www.facebook.com/sonbookss/

網　　址：https://sonbook.net/

地　　址：台北市中正區重慶南路一段六十一號八樓 815 室

Rm. 815, 8F., No.61, Sec. 1, Chongqing S. Rd., Zhongzheng Dist., Taipei City 100, Taiwan

電　　話：(02)2370-3310　　傳　　真：(02) 2388-1990

印　　刷：京峯數位服務有限公司

律師顧問：廣華律師事務所 張珮琦律師

定　　價：275 元

發行日期：2023 年 09 月第一版

◎本書以 POD 印製

Design Assets from Freepik.com

浮雕》，它橫空出世驚天下，在港台兩地大受好評，尤其在台灣瞬間再版更獲獎，像不像隱於深山的高人終於下山露兩手，電光石火地收了一大堆他的迷？不是像不像，而是事實。

高人底子厚，《鏤空與浮雕II》飄然而至，多好！答應了Fabian爲新書撰序，收到初排稿件那天特忙，工作到深夜才喘一口氣，本想翌日才開始看吧又忍不住，慘了，一看就欲罷不能，由舒淇劉德華鍾楚紅一直翻到周潤發去，一口氣看了七篇幾萬字，太好看了！三更半夜了，眼睛實在太乾太累頂不住了，才勉強停止，然後嘴角帶著滿足的微笑閉目休息，心已經打算明天起床繼續享受其餘二十三篇精采。

對，對我來說看Fabian的文章是徹頭徹尾的享受，因爲實在美，美在破格而絢麗的用詞遣字，美在靈動自由的寫作風格，更美的是他仿若守護天使般長期關注疼愛著他筆下的人物，就算是說人家長得醜，其實都是愛。

Fabian在《鏤空與浮雕》後記說他因爲貪，所以用文字去活一番他「沒有被分派到的人生」，「一半是想像、一半是實驗」地去寫他「特別喜歡的、敬仰的、被他們感動過也和他們一起體會過同樣切膚之痛的人」，幸好他貪，成就了篇篇妙筆生奇花的好文心，不由使身在其中的爲之感動，我乃其一。

多得臉書，去年某天有緣拜讀這對眼睛主人筆下生風的文字，驚爲天人！這管筆好厲害呀，他是誰呀？看著他寫演藝、時尚、文學、設計及藝術各界風流人物，觀點細膩精緻，文筆絢麗卻同時淡定冷靜，那份洞悉，時而濃烈時而輕淡，永遠中的。

他怎麼就知道那麼多？那麼深？明明他說只見過對方一兩次，甚至未眞正碰面，他筆下好幾位香港演藝界朋友我的確認識了幾十年，何解他知得多過我？是敏感觀察加上世故想像的成果？他是誰呀？先不管了，只管貪心地追看享受他的文章。

然後，忽地那對眼睛那管筆的主人傳來臉書訊息，因爲他對香港電影的喜愛，好希望能得到一本我在二〇二〇年編輯的《第三十九屆香港電影金像獎特刊》，我欣然把這本非賣品送贈給他，就這樣認識了那對眼睛那管筆的主人 Fabian Fom 范俊奇，好開心！他說他從前一路看著《號外》走過來的，那不就神交已久了？眞好！之後 Fabian 出版《鏤空與浮雕》，我第一時間訂購拜讀，待 Fabian 客氣速遞送來簽名版贈書時，雙倍高興。

難以置信，Fabian 編雜誌寫專欄四分一世紀之久，才出版他第一本散文集《鏤空與